回忆电影院

[荷兰] 约里克·戈德韦克 著

刘维航 译

GUANGXI NORMAL UNIVERSITY PRESS
广西师范大学出版社
·桂林·

HUIYI DIANYINGYUAN

回忆电影院

出版统筹：李闰华　　　　　责任编辑：时艳艳
品牌总监：张少敏　　　　　助理编辑：屈荔婷
质量总监：李茂军　　　　　美术编辑：刘淑媛
选题策划：李茂军　戚　浩　营销编辑：欧阳蔚文
版权联络：郭晓晨　张立飞　责任技编：郭　鹏

著作权合同登记号桂图登字：20-2025-025 号

图书在版编目（CIP）数据

回忆电影院 /（荷）约里克·戈德韦克著 ；刘维航译.
桂林：广西师范大学出版社，2025. 6. --（神秘岛）.
ISBN 978-7-5598-8074-1

Ⅰ．I563.84

中国国家版本馆 CIP 数据核字第 2025AA0668 号

广西师范大学出版社出版发行

（广西桂林市五里店路 9 号　邮政编码：541004 ）
（网址：http://www.bbtpress.com ）

出版人：黄轩庄
全国新华书店经销
唐山富达印务有限公司印刷
（唐山市芦台经济开发区农业总公司三社区　邮政编码：301501）
开本：880 mm×1 240 mm　1/32
印张：7.75　　字数：130 千
2025 年 6 月第 1 版　　2025 年 6 月第 1 次印刷
定价：49.00 元

如发现印装质量问题，影响阅读，请与出版社发行部门联系调换。

借回忆之影，照亮成长之路

准备好了吗，去看一场只属于你一个人的电影。心理学家荣格说："一个人毕其一生的努力，就是在整合他自童年时代起就已形成的性格。"荣获 2022 年荷兰国家儿童文学奖"金铅笔"奖的《回忆电影院》，便讲述了这样一个关于自我成长与内心探索的故事。它是一部充满悬念、惊奇和温情的儿童文学佳作，是一场穿越时空的冒险，更是献给成长中孩子们的疗愈之旅。

十二岁的贾图是别人眼中的怪胎：她时而故意穿两只不同花色的袜子出门，时而将头发左边梳成马尾辫，右边绑成麻花辫。贾图如此与众不同，皆源于她特殊的身世——母亲在她刚出生时就离世，父亲也因丧妻一蹶不振，致使她与父亲关系疏离冷漠。这正印证了弗洛伊德所说的"未解决的问题不会消失，它们只是被暂时遗忘"。贾图童年缺失的母爱与家庭温暖，成为她成长中未解决的问题，深刻影响着她的行为和性格。

青春期的重要特点之一是自我意识觉醒，开始探寻自己的身份与来路。贾图亦是如此，她想尽办法寻找母亲的一切，哪怕只是网上一张面孔模糊的照片，她也坚信那就是母亲。每一个成长中的孩子都像贾图一样，迫切探索自己的身世，渴望被爱的目光温柔注视。正如斯科特·派克说的"人类所有的痛苦都来源于对自己内心的不接纳"，贾图对母亲的执着寻找，本质上是对自我身份认同的追寻。

　　《回忆电影院》巧妙借助通过电影院穿越时空的设定，让贾图得以重返过去。它为我们提供了独特视角：我们既是自己人生电影的主角，也能跳脱出来以旁观者身份审视自己，如此一来，对事物的理解便会大不相同。贾图与少年时期的父亲成为朋友后，不再埋怨现实中消沉的父亲，因为她理解了父亲丧妻后逃避的痛苦，也意识到自己真正埋怨的并非父亲，而是那个不敢直面内心的自己。接受既成事实是克服任何不幸的第一步。

　　最终，贾图在经历种种内心挣扎后，勇敢面对自我，前往自己的电影故事跟母亲见面。贾图听到了母亲的深情告白：母亲愿为贾图献出生命，即便无法陪伴她成长，也会永远与她心灵相依。母亲还说为有她这样的女儿深感自豪。至此，贾图真切意识到母亲从未离开，始终在她身边。贾图接受了家庭的变故和生命中的遗憾，从而走向了内心的成熟。

人们回到过去，常常是为了弥补遗憾，可能是见见心爱的小狗，也许是陪伴丈夫走过生命尽头，或者是与从未谋面的母亲相见。而这一切都是为了更好地释怀过去，开启新生活。这也契合了心理学观点：每个人都会受过去经历影响，但倘若始终无法放下，就会沦为时间的囚徒，困在过去，不见未来。

珍惜当下才能创造美好未来，在故事的最后我们发现，原来那个穿越时空机器的发明家，正是未来的贾图自己。这一设定阐释了"我们不是被过去所决定的，而是被未来所召唤"这一积极心理学观点。幸福不会凭空降临，而是掌握在自己手中。无论遭遇何种艰难挫折，事实无法更改，过去无法挽留，但我们能选择爱和勇气，选择接纳自己，选择拥抱生活的每个瞬间，就像贾图发现那些无人关注的荒地，它们或许藏着被人们忽视的美好。

《回忆电影院》虽是儿童文学作品，却巧妙交织现在、过去、未来三种时间线索，告诫成长中的孩子，沉溺过去使人裹足不前，担忧未来令人焦虑无助，唯有珍惜当下才能收获幸福。成长中，我们都会面临可能失去一切的现实，可能失去梦想，甚至不敢承认曾有梦想。但面对失去，是否就此沉沦，每个人都有自主选择的权利。"那些杀不死你的，终将使你变得更强大。"我们要学会在失去中成长，在困境中前行。

书中还有一个精妙的环形设计，贾图给少年时的父亲演奏了一首曲子，这是她听父亲演奏过的，也是她唯一会弹的曲子。而从父亲视角看，他唯一会的、也是妻子最喜欢的曲子竟是未来的女儿传授的。这首曲子承载着对过去的眷恋，也蕴含着对未来的期许。那些以为被岁月偷走的温暖，早已通过记忆的量子纠缠完成了代际传递。

真正的时光机器并非冰冷机械，而是人类用记忆编织的救赎之网。或许每个人都需要一座私人电影院，用以重新剪辑被生活打乱的时间线。学会运用主人公贾图的反向观察法，在记忆的负空间里探寻光的形状，我们就会明白：所谓成长，不过是学会在时光的裂缝中，打捞起被忽视和误解的温情，接纳真实的自己，拥抱充满未知与美好的未来。

李峥嵘

教育科普作家、金牌阅读推广人

献给妈妈、姨妈珍妮、祖母和伊恩

目 录

1

贾图

    当父亲告诉贾图她该长大了时，她才十二岁，这让她备感诧异。她诧异的并不是话里的内容，而是这句话本身，毕竟父亲一向不太主动和她说话。但遗憾的是，后来父亲只是接了几句毫无意义的话，就恢复了往日沉默寡言的样子。贾图还是个孩子，离成为大人还很遥远。况且，如果成为大人就意味着变得和父亲一样，那长大也不是什么好事。

    贾图的父亲从来无法专心致志地做任何事，总是心不在焉地盯着电视、墙壁或窗户。比如，他明明一大早就从床上爬了起来，却只是无所事事地端着咖啡，盯着窗外发上半小时呆。清晨的窗外空无一物，既没有飞机在蓝天上掠过时拉出的白线，也没有女人像芭蕾舞演员一样拽着狗绳摇摇晃晃地穿过街道。他就这样目光空洞地站在窗前，直到咖啡见底，才一言不发地夹上公文包出门上班。如果这就是长大的意义，贾图暗下决心，那么她永远也不要长大，即使成年后也不要。

现在，她自己也盯着窗外，手中同样端着咖啡，却并非脑子空空，而是头脑中充斥着各种天马行空的念头。

花园的小路上，科妮莉亚的身影出现了。她一手提着桶和清洁用品，一手拿着拖把和喷雾器，脸色阴沉，好像在外面就已经闻到了屋子里的臭气似的。科妮莉亚是贾图的邻居，但她有时表现得更像贾图的母亲。

然而贾图已经没有了真正的母亲，她的母亲早已不在人世了。

红色连衣裙

　　贾图刚来到这个世界的时候，母亲就永远地离开了她。几乎可以说，贾图活了多久，她的母亲就去世了多久。贾图对母亲的了解仅限于父亲的只言片语，其余的就只剩一张照片和一件连衣裙。

　　那是一张她与母亲的合照。照片里的母亲坐在长椅上晒太阳，周围绿草遍地。她穿着艳红的连衣裙，宽大的裙摆像喇叭花一样。她的脸上洋溢着灿烂的笑容。贾图在母亲肚子里，大概没有露出笑容，毕竟那时她还只是个胎儿。这张照片拍摄于她出生的前几周，也就是母亲去世的前几周。

照片上的连衣裙正是贾图保留至今的那件。它被贾图单独挂在衣柜的角落里，每天早上打开柜门时，她的视线都会迅速地掠过它。除了贾图自己，照片和这件连衣裙是整个房子里唯一能证明她母亲真实存在过的证据。

虽然距离成年还很遥远，但愧疚感已经让贾图的内心遍布老茧——如果不是为了生下自己，母亲就不会死。贾图坚信事实如此，尽管她也是无辜的。有时贾图对着镜子一坐就是一个小时，越看越觉得镜中的女孩是那样陌生。她时而对自己厌恶不已，时而愤恨世上的一切，因为在这个世界上，她和自己的母亲永远无法同时存在。贾图并不认为有恶魔会躲在天堂的某个角落里，在幕后操纵着人间的一切，但她仍觉得这个世界卑鄙至极。仿佛从她出生的那一刻起，现实就注定与她为敌。她甚至有些时候——近年来越来越多地——什么也感受不到。仿佛随着时间的流逝，母亲这个概念变得愈加模糊，而她自己也裹上了一层层的冷漠外衣。麻木远比痛苦还要糟糕。

前门被人打开了，贾图打了个寒噤。咖啡的香气混着科妮莉亚身上甜腻的香水味从厨房隐约飘来，当中或许还有零星的，属于母亲的味道。

井的配方

　　一勺老鼠药，分量要分毫不差。也就是说，光靠眼睛判断远远不够，还得用上放大镜仔细辨认。配方说多少就是多少，半点马虎不得。加上半杯清洁醋——同样需要极度精确，50克鱼骨——仅限能卡在喉咙里的硬鱼骨，一整瓶液体研磨剂，两块清洁垫，最后是十个小毒苹果，把它们全部丢进锅里煮到冒泡。当整个屋子都弥漫着绿色的气体时，你就获得了烹饪大师贾图的正宗配方：科妮莉亚。

　　科妮莉亚每周都会来贾图家几次。虽然打扫卫生是有偿的，但指点江山是赠送的。据贾图说，凡是和科妮莉亚自己无关的事，她都要管上一管。比如，她老是觉得贾图屋子里乱得无处下脚，贾图却觉得自在极了，她清楚所有东西的位置，想找什么伸手一摸就能找到。科妮莉亚对此持完全相反的意见，她认为贾图的卧室像个猪圈，还有发霉的比萨散落各处。

当科妮莉亚踩着高跟鞋绊进厨房时，贾图正艰难地咽下最后一大口咖啡。事实上，她一点也不喜欢喝咖啡，但鉴于科妮莉亚说咖啡对身体不好，她还是喝下去了。

"哦，宝贝，咖啡、糖和可乐可是毁掉人健康的毒药！"科妮莉亚尖锐的声音在贾图的脑海中响起，"它们只会让你的脾气越来越暴躁。"

可是贾图根本不会发脾气——好吧，也许偶尔会跟科妮莉亚发发火——但和她在一起，树懒也会失去冷静。

"我们还是要给愤怒留出一隅之地的，"科妮莉亚常说，"但平常你得把井盖盖严实了。"

这就是科妮莉亚解决一切痛苦，解决一切她擅自插手的事情的办法：造一口井，然后闭上眼睛，把井盖盖起来，假装它不存在。

这让贾图恼火极了。

她又哆嗦了一下，从厨房桌上抄起书包，快步掠过科妮莉亚朝大门走去。后者只是看着她摇了摇头，顺便在空气中使劲嗅了嗅。

　　"亲爱的，我可又闻到咖啡味儿了。"

旧日乐章

才是初秋的季节，室外没有一丝凉意。火红、深橙和亮黄色将在接下来的几周里交织，阳光会把一切映得熠熠生辉，世界也还未归于沉寂。在所有季节中，贾图最喜欢秋天。以前的一切，以后的一切，在这个季节里都变得更有意义，而当下的一切正在眼前悄然逝去。秋天有一种让贾图想要沉浸其中的悲伤。她在网上搜索与之对应的词，得到了一个同秋天一样美丽的答案：忧郁。

村子另一头那片"不存在的草坪"几乎是贾图每天都要去的地方。她把自行车靠在树上，在田间的草地上躺下，顺手摘下一片草叶塞进嘴里。清晨于不远处的街道悄然而至。拎着购物袋的男人，打电话的女人，几辆汽车和自行车，以及视线范围内的第一片落叶，影影绰绰地映入贾图眼中。

这片"不存在的草坪"无疑是存在的，否则贾图也无法躺在上面。只是除了贾图之外没有人注意到它。人们的视线都被草坪左右两边那壮观的房子吸引了——左边鲜红的窗框和湛蓝的墙壁，让人仿佛置身于未来世界。右边那栋就更不用说了，烟囱像火箭一样伸出墙外，引人注目。就在这些精美的房子之间，这一小片"不存在的草坪"顽固地躲过了几乎所有人的视线。

贾图认为，之所以只有自己才能注意到这片草坪，是因为她一直在练习"反向观察"。所谓反向观察，就是刻意不去看吸引自己注意力的东西，转而把目光投向它们旁边的事物。这样就能发现一个隐藏在众目睽睽之下的完整世界。

为了随时捕捉那些别人容易忽视的东西，贾图总是把相机带在身上。她从不拍摄沉思的人，或是令人印象深刻的建筑、浪漫的日落，抑或清澈的天空。她只拍那些平淡无奇、无人欣赏的景象。就像"不存在的草坪"一样，这些被人们忽视的景象仿佛从未在世上出现。她的电脑里满是前院、栅栏、墙角、雕像、门把手的图片。这些东西都真真切切地存在着，但它们是为谁存在的？如果有一天它们不在了，又有谁会知道？倘若从未有人驻足留意，如何才能证明它们曾经真实存在过？也许再也没有办法证明了，贾图想。或许只有当她把相机镜头对准它们时，它们才会从虚无化为真实——这一举动对贾图来说意义重大。

这是秋假的第一个星期天。周六的喧嚣已经结束，空气中弥漫着难得的寂静。天空是如此广阔辽远，足以让所有声音都消逝其中。阳光暖洋洋地洒在贾图脸上，在和煦的阳光下，她的脑海中又浮现出了母亲的身影。贾图总是会惊诧于这一念头的乍现。随着自己不断长大，她想到母亲的次数已经越来越少，但此刻已经是今天早上第二次了。事实上，贾图只是不敢去想，至少她一点也不想在这个早晨想起母亲。

她把草叶从嘴里吐掉，打开背包，拿出一大瓶可乐和一摞漫画书。

随后，她坐起身，让阳光精确地洒在头顶，感受到鸡皮疙瘩从头皮顺着后背和手臂往下蔓延，直到脚趾尖。这让她产生了一种置身汪洋大海，站在冰冷浪尖上的错觉。笑容终于浮现在贾图脸上。她从漫画书堆里抽出一本《僵尸启示录Ⅱ：童军手册》，读了起来。

贾图从翻开漫画的那一刻起，就觉得有人在偷窥她。那片"不存在的草坪"很荒凉，但似乎并非空无一人。贾图确信只要她抬起头，就会看到有人站在草坪上。然而当贾图真的放下漫画书时，她却发现面前一个人都没有。

贾图从地上爬起来，转过身去，试图让目光穿过灌木丛。随后她摇了摇头，觉得自己准是出现了幻觉。如果科妮莉亚在，她一定会说贾图太爱胡思乱想了（科妮莉亚把一切她不赞成的，对贾图没有益处的感情称为"胡思乱想"）。同时，科妮莉亚也为这些令人心烦意乱的躁动准备好了解决办法。

"把它们丢到……"

贾图斜眼盯着她。

"丢到……"

贾图继续盯着她。

"丢到……"

贾图还在盯着她。

"丢到……"

"下水道。"

"井里，对，丢到井里。"

不管是不是胡思乱想，当贾图坐下来继续看书时，她又感觉到了那道窥视的目光。她努力让自己不去理会，可最终实在忍不住了，猛地抬起头来。

面前依旧空无一人。

贾图叹了口气，暗自感到烦闷。最让她恼火的是，她心中蓦地迸发出了一丝希望。这希望突如其来，却又好像已默默深埋了多年，始终隐忍不发。

是母亲吧，她想。

紧接着，她使劲敲了敲自己的头。

"我真傻。"她喃喃自语。

把它们丢到井……

"滚开。"

贾图又翻了翻漫画书，但已经失去了所有兴致。碰巧这时候天开始下雨，于是她把东西一股脑塞回背包里，一肚子火地回了家。

家中到处弥漫着清洁剂的味道。值得庆幸的是，科妮莉亚本人似乎已经离开了，屋子里静悄悄的。贾图穿过走廊，把背包扔到角落里，突然听到从客厅传来的悠悠琴声。

难道科妮莉亚还在？太阳从西边出来了？

贾图踮着脚走进玄关，透过门缝朝客厅望去。

父亲正坐在琴凳上。他的身影显得苍老又笨拙：瘦削的上半身微微弯曲着笼罩在琴键上方，修长的双腿则笨拙地交叠在琴凳下，右手食指还停留在琴键上。他的双眼没有盯着琴谱，而是望向窗外。贾图从他的目光中捕捉到了一些暗含的情愫。父亲的目光投得很远，却不像往常那样空洞麻木。有那么一瞬间，贾图觉得父亲和她看到了一样的绚烂秋景。那样子就仿佛他在无人问津时偷偷卸下了冷硬的盔甲，深深呼吸着自由的空气。而后他打了个寒战：贾图发觉他的脊背在微微颤抖。

父亲轻轻按下了一个琴键，接着是第二个、第三个。随后他把左手也放在了琴键上，开始缓缓地、轻柔地弹奏。

几乎没人用过这架钢琴。它一直立在那里，如同遗物般积满灰尘，在天长日久中变得愈发丑陋。钢琴侧板的黑漆上遍布灰斑，像是有人不小心溅上的黏稠的水泥。这些斑点一定是科妮莉亚的清洁用品造成的，贾图想。

从小到大，父亲演奏钢琴的次数寥寥可数。而每次他只弹奏同一首乐曲，所以即使是在时隔很久的现在，贾图也能立刻把这首曲子认出来。除了在父亲的演奏中，贾图从未在任何地方听到过它。

她屏息凝神，在门外默默听着，看着父亲像个动作迟缓的巨人般在琴凳上随着乐曲的旋律来回摇晃，修长的手指在琴键上优美地舞动。

他突然打了个哆嗦，像被什么吓了一跳，魔咒也就此被打破。仿佛被琴键烫伤了手指，他倏地把手从琴键上移开，猛然起身，疾步走向门口，然而他根本没有注意到贾图站在那儿，开门的瞬间几乎把她撞翻了。

"啊，小贾图。今天在学校过得怎么样？"

"星期日不上学，爸爸，整个秋假都不上。"

正在上楼的父亲走到一半，听到这话又转身看向她。

"哦，对，"他说，"对了，今天是星期日。"

随即他走上楼梯，消失在自己的房间里。

贾图盯着空荡荡的楼梯间看了一会儿，然后走进客厅。那架钢琴就像纪念碑一样矗立在房间中央。这场景美得像画一般，但贾图不明白它为什么总是一成不变。这架钢琴似乎应该属于另一座房子和另一种生活，而不是被孤孤单单地钉在她家客厅里。

有时贾图觉得自己不像是在这个家里长大似的，房子里的一切于她而言都是那样疏远而陌生。别人家的墙壁上都挂着全家福，窗台上摆着盆景和可爱的小玩意儿，温馨的装饰品诉说着一个个独属于这个家的故事。而贾图和她父亲的家就像是家具店的陈列室。所有的记忆似乎都被有意识地从这里搬离了。

贾图坐在琴凳上，试着模仿父亲的样子弹奏。她弹得很好，毕竟她对这首乐曲的旋律早已烂熟于胸，手指很快就找到了正确的琴键。这时，钢琴顶上的一张卡片引起了贾图的注意。那是一张用亮黄色纸张印制的名片，上面用鲜艳的粉红色写着：

卡诺女士影院
您一直想看的
从未在任何地方上映的电影

名片背面是一个贾图熟悉的地址。一家多年都不卖座的老电影院——卢克斯影院，曾经开在那里。这张名片是父亲留给她的吗？这该是个怎样的电影院，才能放映"从未在任何地方上映的电影"？

前门被打开了，科妮莉亚悠闲的哼唱声响了起来。贾图把名片塞进口袋，打算穿过大厅迅速回到自己的房间，尽最大可能减少和科妮莉亚的交集。

"小鸟又飞回家来啦？"科妮莉亚见到贾图时说道。她拎着两个购物袋站在门口，对贾图甜甜地笑着。

贾图没有回答，回过头也报以甜蜜一笑。事实上她插在口袋里的手悄悄做了一个粗鲁的手势。然后她匆匆走上楼梯，回到了自己的房间。

熟悉的陌生人

当晚在餐桌上，贾图偷偷瞥了父亲一眼，想看看那个白天对着钢琴沉思的男人是否有什么话要说。然而父亲始终不发一言，他扬起嘴角对她微笑，眼睛里却没有流露出任何情绪。与此同时，科妮莉亚正在一旁小口地啃着面包，她完全是不请自来的，仿佛她本就属于这个家。科妮莉亚到底是怎么闯入他们的生活的？贾图对她的手腕由衷地感到钦佩。一开始她还只是一个热心肠的、对迷茫的单亲家庭慷慨相助的邻居，然而这种慷慨不知在何时变了味道。当贾图反应过来时，她已经越来越深入地走进了他们的生活。现在，科妮莉亚就坐在他们的餐桌旁，仿佛这是世界上最自然不过的事。就像杂草起初只在一个隐秘的角落里缓慢生长，但最终会占据整个花园。

"再来点肉汁吗，哈尔？"

哈尔。

科妮莉亚到底在想什么？她以为她是他的妻子吗？**我父亲的名字叫哈罗德！**贾图想大声制止，但最终她什么也没说。在理想情况下，她会一把将餐叉插进科妮莉亚的眼睛里，但她知道这样做给她带来的是痛苦而绝非快乐。如果能在科妮莉亚的眼睛里插上一把叉子，这个世界一定会变得美妙一些，但父亲和警察肯定不会这么想。虽然贾图不愿承认，但事实上她很怕科妮莉亚。村里人都在议论她，谈及最多的是她病逝的丈夫马库斯。那是在贾图出生之前的事了，马库斯的病拖了很久，身体一天不如一天，最终去世了。有人说，科妮莉亚就是害死马库斯的元凶。当然，这只是传言，只是传言。

贾图一向不喜欢打听流言蜚语，但马库斯的故事还是会偶尔在她脑海中萦绕。她瞥了科妮莉亚一眼，瞧见她正像老鼠一样不慌不忙地吃着点心。她又转头看了看父亲，只见父亲盯着自己的盘子，没有回答科妮莉亚的话。

然后，贾图决定在他的思绪在盘子里陷得更深前问出口："爸爸，卡诺女士是谁？"

"谁？"

"卡诺女士。"

科妮莉亚嘴里发出了不屑的咯咯笑声。

"这又是你想象中的人物吗？或许是一位坐独木舟的女士？[1]"

科妮莉亚的想象力太贫乏了，在她脑子里，卡诺女士只是一个乘坐独木舟的人。贾图没理她，径自掏出了名片。

"她是谁？"她向父亲问道。

"哦，她啊。这个人今早来敲过门，以为我认识她，但她认错人了。"

然而贾图注意到父亲看那张卡片的神色，那样子像在回忆着什么。科妮莉亚显然也注意到了这一点，立即狐疑而警觉地看向那张名片。

"从未在任何地方上映的电影……"科妮莉亚开始大声朗读。但是贾图很快就把名片从她的鼻子下面抽走了。这一点都不关她的事。

"她认为她认识你？"她转向父亲。

1译者注：卡诺女士的原文是Mevrouw Kano，Kano可以作为一个女性的名字，在荷兰语中也是独木舟的意思。

"嗯？"

"就是那个卡诺女士，她认识你，但你不认识她？"

"是这样没错。"父亲简短地说。

"估计是个女推销员之类的。"他接着说，"她们净说些天花乱坠的话，目的就是让你从她们那买点什么东西。"然后他又低下头继续盯着盘子了。

"我能回房间了吗？"贾图问道。说话间，她已经站了起来。

"这可不好，贾图，"科妮莉亚回答，"坐下，等我们大家都吃完。"

"说得好像你有什么话要说似的。"

"算了，去吧。"父亲缓缓点了点头。

当晚，贾图在卧室的窗边坐下来。房间里有一根斜着的房梁，从天花板一直延伸到窗框下。贾图盖了条羽绒被上去，让它变成了一张简易的懒人扶手椅。她将腿从窗台上垂下来，把光着的脚悬在窗外。在她身侧，一只十字园蛛正在结网。贾图和十字园蛛这两种生物竟然可以既在物理上紧挨在一起，又在灵魂上处于两个截然不同的世界。这太疯狂了，贾图想。

她眺望着房子背后的小巷、花园和前方一排房子的外墙，感受着清新的晚风从脚边掠过。蜘蛛对这些东西一无所知，它只知道结网、狩猎和进食。

父亲去开会了，科妮莉亚早已回家，贾图一个人在房间里享受着安静的时光。她要是能快点长大成人，可以独立生活那该多好。那样她就可以远离父亲，远离科妮莉亚，只带上苏乞儿一起浪迹天涯。苏乞儿是她养的小白兔，事实上那是一只硕大的佛兰芒巨兔。贾图认为它是世界上唯一会叫的兔子，尽管它的叫声跟猪叫没什么区别。她用电影《醉拳》中功夫大师的名字给它取了名。那位功夫大师常常喝得烂醉如泥，打起架来也是跌跌撞撞的，但他总能让对手成为他的手下败将。兔子苏乞儿和电影里的苏乞儿都有着一对长长的门牙。但贾图的兔子苏乞儿完全不会打架，它总是呆坐着望向前方，像猪一样发出哼哼唧唧的叫声。

"我听见了，苏乞儿，"贾图说，"但我暂时没时间听你哼哼，我正发呆呢。"

一轮近乎圆满的月亮挂在漆黑的树梢间。对望远镜爱好者来说，这无疑是个美丽又晴朗的夜晚，可是贾图不敢站起身去拿望远镜。她手边只有相机，于是随手拍了一张天空的照片。听着远处高速公路传来的急驰声，贾图坠入了想象的世界。在想象中，她骑着摩托车轧过漆黑的柏油路，穿过充斥着橙黄灯光的街道。车轮下的高速公路像一条细长的海带，通向令人眩晕的未知世界的入口。

贾图口袋里还揣着卡诺女士的名片。看到那张名片的同时，贾图想起了父亲，想起了当她把卡片递到他面前时，他满脸困惑的样子。旋即，她又想起了父亲边弹钢琴边看向窗外的神情。他当时是在想母亲吗？他想过她吗？她永远不会问父亲这样的问题。贾图和父亲的共同点甚至不如她和她身边的十字园蛛多。但这并不是她的错，她曾很多次尝试引起父亲的注意。她用尽了自己所能想到的一切方式，但最终主要还是依靠发脾气、捣乱和大喊大叫。科妮莉亚所说的控制脾气就是指这一点，贾图自己也心知肚明。贾图承认有时科妮莉亚说的是对的，但她已经不在乎了，父亲已经很久没有对她产生过兴趣了。贾图决定一满十六岁就离开这个家，**不再妨碍父亲和科妮莉亚**。他们再也不会见到她了。

"您一直想看的，从未在任何地方上映的电影。"她又读了一遍名片上的内容。

这听起来太神秘了。贾图决定明天早上起来就去老卢克斯电影院一探究竟。

当贾图慢慢把思绪拉回到远处的公路上时，她突然瞥见后巷里有什么东西从垃圾桶之间溜走了。起初，贾图以为是流浪猫，因为它们经常在垃圾堆里觅食打架，但当她听到后门边传来翻找东西的声音时，她意识到那并不是猫。贾图想迅速跳回屋里，却猛地一脚踩空了，脚后跟被窗框的锁划出了个大口子。她差点"嗷"的一声叫出来，但理智还是让她及时把惨呼咽了下去。她尽力让自己忽略脚上刺痛的伤口，仔细听着后门的动静。

"你看，我就说我得有一部自己的手机……"贾图愤懑地对苏乞儿低声道。家里的座机放在一楼桌上，但现在她显然没办法走到大厅去。父亲觉得手机对贾图这样的小孩派不上一点用场，即使他上次才对她说过她该长大了。

现在好了，贾图想，她不得不一个人待在这里，连一部能应付小偷甚至杀人犯的电话都没有！这是贾图有生以来第一次希望科妮莉亚能在家，那样当小偷忙着偷科妮莉亚的东西时，贾图就可以神不知鬼不觉地去报警了。不幸的是科妮莉亚早就离开了，家里只剩贾图孤身一人。

窸窸窣窣翻找东西的声音停止了，后门吱呀一声被人缓缓打开，随后楼下传来一阵极为克制的脚步声。那人先是走进了贾图卧室正下方的厨房里，又步上大厅的楼梯。

贾图抬头望向她贴在床头的海报，上面是她的偶像、功夫传奇人物李小龙。如果现在李小龙在场，他可能会坚定地啸叫一声，毫不犹豫地把老板椅的椅腿拽下来，等到小偷来到卧室门前时，再以迅雷不及掩耳之势把小偷踢翻在地暴打一顿。接着，他会用椅腿把小偷撞下楼梯，然后一个跟头翻身下楼，一气呵成地把半死不活的小偷拖进厨房，一手用保鲜膜把小偷的嘴巴紧紧裹起来，一手拨通报警电话。

好吧，这些只有李小龙才能做到。

现在卧室里的人是贾图。

不得不承认，两者还是有一定区别的。

话又说回来，贾图不仅手无寸铁，甚至连手机都没有。

楼梯木板嘎吱作响的声音从楼下传来，贾图瞄了一眼椅子腿，又看了看海报上目光坚毅的李小龙，俯下身试探性地拽了拽椅子腿——毫不意外的纹丝不动。突然，她福至心灵，轻轻把椅子放倒在地，然后抬起刺痛的脚朝椅子腿使劲踹去。现在回想起来，她当时简直蠢透了。刺耳的咔嚓声响起，椅子腿应声而断。贾图想学她功夫偶像的样子长啸一声，发出的却是痛苦的尖叫和一串脏话——会被科妮莉亚丢进井里的声音。她紧紧捂住嘴巴，想后悔却已经来不及了。**我可真是个蠢货啊！**贾图在心里埋怨自己。她尴尬地看了看床头的李小龙，焦急地听着楼下的反应。

四下一片死寂。

贾图把折断的椅子腿拿在手里，踮着脚走到卧室门口，试探地将门推开一道缝。楼下鸦雀无声，但贾图觉得一定有人躲在角落里竖起耳朵偷听，在黑暗中像捕食者一样耐心地等待着。

冥冥之中，一种心灵感应像浪潮一样席卷了贾图全身：楼梯下面站着一个她认识的人。贾图不知道这种感觉从何而起，也不知道楼下站着的究竟是谁，但她就是感受到了，像感受到她脚上的刺痛一样清晰。她想起今天下午，在那片草坪上，她曾确信有人在某处窥视着她。此刻贾图只想知道楼下的小偷会不会与此有关。如果楼下站着一个她认识的人，那这个人会是谁呢？

回过神来，贾图发现自己已经被吓出了一身冷汗。尽管被恐惧笼罩全身，她还是咬紧牙关把门又打开了一点，迟疑地走进了楼道。陈旧的木地板随着贾图的脚步咯吱作响，而楼下的入侵者听到声音立即逃也似的飞奔而去，跑出大厅，溜进厨房，最后在后门消失了踪影。当贾图一瘸一拐地跑回自己房间，从窗户朝后巷张望时，那里早已空无一人。

贾图在窗前怔了好一会儿，心脏怦怦直跳，手里还拿着那条椅子腿。巷子里始终空空如也，也没有奇怪的声响传来，过了好一会儿才有几只猫从周围的花园里蹿出来，开始扒拉垃圾桶。不远处的黑暗中传来几声猫头鹰叫，世界似乎又正常运转了起来，公路上疾驰的车轮声再次响起。

卡诺女士

　　这晚贾图彻夜未眠。她一连几个小时都站在窗前，呆呆地望着后院和小巷。她强迫自己躺进被子里，却始终翻来覆去无法入眠。于是贾图又坐回了房梁上，呆呆地睁着眼，直到地平线出现第一缕晨光。她仍是毫无困意，却已经被折磨得头昏脑涨。她就这样晕晕乎乎地下了楼，狼吞虎咽地往嘴里塞了几个三明治，又给自己灌下了一大杯加浓咖啡。

　　厨房的时钟指向七点时，贾图拿起相机，跳上自行车，骑到了卢克斯影院的旧址。然而当贾图到达目的地时，面前的一切让她备感失望。她又低头看了看名片上的地址，

26

以为自己搞错了地方。然而并没有，地址显示那家电影院就在这里。面前的外墙一如既往的破旧，窗户被人用木板封死，整面墙壁上锈迹斑斑，仿佛随时都会有拆迁队把整栋楼夷为平地。贾图对面前的一切感到深深的失望。

泛黄的外墙上还挂着卢克斯影院淡红色的旧名字，下方是由三面玻璃窗环绕的售票厅，以前影院还开张时售票员就坐在那里。如今那几块老玻璃已经黯淡无光，布满灰尘。毫无疑问，这里曾是个辉煌热闹的影院，从现在仅剩的这些陈设上就可见一斑。看着眼前熟悉又惨淡的景象，贾图恍然间仿佛回到了过去，那时影院门口还总是排着长队，缠着红色霓虹灯的"卢克斯"三个字在人们头顶闪烁，满街都是新鲜出炉的爆米花的甜香。不过那已经是很多年前的事了，那时贾图还没有出生，刚刚时光倒流般的体验主要是来自她的想象。

贾图把自行车停好，走上前拉了拉影院的大门，门被人从里面锁住了。现在时间还不到早上七点半，它或许到了晚上就会开门营业，或许明晚才开，又可能再也不会开门了。贾图又抬头看了看大楼破破烂烂的外观，感觉自己受到了愚弄。

"你来错时间了，小姑娘。"突然，一道苍老的声音在她身后响起。

27

贾图转过身，身后的人行道上站着一个矮小驼背的老太太。她牵着的小狗此刻正好奇地嗅着贾图的鞋子。老人用拐杖指了指电影院的外墙。

　　"这个电影院可有年头啦。"她接着说，"亨利跟我在这里留下了很多美好的回忆。那个老头子早就不在啦，这里也只剩一个空壳子。"她朝电影院点了点头："像个来自过去的幽灵。这里放的最后一部电影离现在都有三十多年啦。"

　　"我听说有人接手了这里。"贾图回答，"她能让电影院重新开张，您认识卡诺女士吗？"

　　老人笑着摇了摇头。

　　"这可真是个怪名字，我们那个年代可没人叫这个名字。老太婆我也不认识现在的年轻人。"

　　贾图把名片递给她，但老人还是摇了摇头。

　　"孩子，我老啦，眼睛不中用了，得用放大镜才能看得清。"

　　"卡诺女士影院，您一直想看的，从未在任何地方上映的电影。"贾图念道，"地址就是这里。"

　　"听着是挺有意思，我还真能想到几部这样的电影。孩子，你有什么想看的电影吗？"

　　"其实……我还没想过，我是因为好奇才来的。我想见见这位卡诺女士。"

"这倒也不难。"老人若有所思地说，"曾经我的眼睛也能清楚地看到这世界，但人永远不该只依赖事物的表象。就好像我的亨利长了一颗土豆一样的脑袋，但只有我知道，他有一颗天使般的心。这家电影院看似已经人去楼空，但于我而言却是一个充满故事的、再温馨不过的地方。还有，小姑娘，我们小时候到这里看电影从来不走正门，因为没钱买票。我们都是从后门溜进去的。"她用拐棍指了指影院旁边的小巷："喏，从那儿试试。"

贾图顺着老人指的方向看去，艰难地辨认出墙壁上嵌着一扇锈迹斑斑的侧门。

"天呐，这太棒了。"她不禁感叹。

"现在终于有人与我一起分享这个秘密了。不过等你和卡诺女士谈过之后，你就得开始想想自己真正想看的电影是什么了。不然你为什么要来这里呢，小姑娘？"说完，老人转身拽了拽自己的小狗，"走吧，亨利，这位小姐正在执行一项重要任务，咱们两个老家伙就别掺和啦。"

"谢谢您……还有，再见……"贾图朝着老人的背影轻声开口。

"会的，我们会再见的。"老人没有回头，沿着人行道蹒跚远去。

贾图走进小巷的阴影里，试着拉了拉铁门，竟真的把它打开了。门后伸手不见五指，宛如一个漆黑的山洞。贾图深吸了口气给自己壮胆，随后踏入黑暗。

过了好一会儿，贾图的眼睛才适应了黑暗的环境。正当她屏息凝神，想看清更多东西时，隐约听到更深处有人在轻声吟唱。在歌声中，贾图艰难地辨认着周遭的一切：破旧的木制布景、破损的座椅、泛黄的海报、零件散落一地的放映机、生锈的胶片罐……整个空间宛如一座尘封着过去的博物馆。

贾图一步一步向前摸索，仔细躲避着地上的杂物，穿过房间，朝歌声传来的方向走去。当她轻手轻脚地走进玄关后，周围渐渐有了些光亮。阳光透过没有封死的、脏兮兮的玻璃照进来，给红地毯上厚重的灰尘镀上一层光亮。这里还保留着原来的吧台和可乐机，甚至连爆米花机也在。远处的墙壁上嵌着两扇刷红漆的大门，想必门后就是影厅。大门右边的旋转楼梯通向二楼，哼唱声正是从上面传来的。

贾图爬上楼梯，穿过一条狭窄的走廊。她小心翼翼地把挡在面前的暗红色的天鹅绒帘子推到一边。帘子后的空间比储物间大不了多少，逼仄的房间里摆满了书本、文件夹和胶片罐，地上还摊着一个行李箱。再远一点有一扇小窗，窗台上摆着一台投影仪。透过小窗可以俯瞰楼下影厅的情况。房间正中的桌上铺满了文件，还立着一台老式打字机。一个女人坐在桌前那把三条腿的、歪歪斜斜的椅子上。她背对着贾图，弯着腰，对着堆积如山的照片和文件哼着歌。

"我们还没开门呢。你没看到这里一团糟吗？"她头也不抬地说道。

"你是卡诺女士吗？"

"没错，是我。"女人仍保持着刚才的动作背对着贾图，"有什么事吗，小朋友？"

"你是不是认识我爸爸？我想问问你关于他的事。你昨天敲过我家门，是我爸爸给你开的，我也住在那儿……"

"我知道你住在哪儿。"卡诺女士打断了她的话。

卡诺女士终于转过身来。撞入贾图眼帘的是一头浓密的长发，野花般绚烂地绽放在卡诺女士头上。她的鼻子小巧高挺，亮蓝色的双眼大而有神，目光中流露出一种怪异又熟悉的感觉。她把贾图从头到脚打量了一遍，脸上浮现出笑意。随后她低头瞥了一眼手表，贾图也跟着她的视线看去——一块华而不实的腕表正软绵绵地垂在她手腕上，几乎淹没在十几条手链中。

"你来得真快。"她说。

"快？"

"对啊，至少比我快。你今年几岁了？有十一吗？"

"我已经十二岁了。"

"哦，十二了啊，那也很快了。"

"我没听懂你的意思，你不是已经在这里了吗？"

"没错，不过我直到现在才到这里来，要是我能来得再早点就好了。无论如何，这些都已经不重要了。现在你来了。"卡诺女士站起身，朝贾图伸出了她白皙娇小的手。

"我叫贾图。"贾图握了握她的手。

"欢迎光临，贾图。欢迎来到我的电影院。我知道你一定有好多问题要问，但你也看到了，我时间有限。"

"我想我只有一个特别重要的问题。"贾图说。

"哦，对，你刚才问过了。你想问我认不认识你爸爸，对吗？说实话，我不太认识他，基本可以说毫无交集。"

"真的吗？"

"没错。"

"不太认识，也就是多少认识一点的意思了？"

"不不不，我可没这么说。"

"那么你昨天为什么要上门找我们呢？"

"就是单纯为了打个广告。要是不宣传一下，这家电影院可没法吸引观众。"

贾图被她的回答噎住了，一时语塞。这位卡诺女士到底认不认识她父亲？难道真的完全不认识？所以说，卡诺女士就是碰巧带着名片来到他们家门口，给这座废弃的影院打了个广告？还是在星期日？

卡诺女士微笑着把手搭在贾图肩上。

"看吧，其实你还有好多问题，"她说，"不过我现在真的没时间。明天这家影院就会迎来第一位访客，但你看看周围，还是一团糟。你喜欢喝咖啡吗？"

"不喜欢。"贾图摇摇头。

"很好，我也不喜欢。不过现在你的第一个任务就是去煮一大锅咖啡，给我们两个都倒上一杯。记得一定要煮得浓浓的。厨房就在走廊尽头。对了，把水龙头打开之后你得等上一会儿，已经好久没人用水了。"

"我的任务？"

"对啊，你不是来工作的吗？我一个人可收拾不了这些烂摊子。那些照片已经够我忙的了。"

"什么照片？"

"你觉得呢？这些电影总要有个开始不是吗？"

"从未在任何地方上映的电影？"

"真聪明。怎么样，现在可以去煮咖啡了吗？"

"可这究竟是什么样的电影？"

"少提问题，多点耐心，这是胜任这份工作的基本条件

33

之一。这里发生的很多事都会让人满头问号，陷入抓狂，所以我希望我的员工能保持平和的心态。希望你能理解。"

"我甚至都不知道这里还有份工作。"

"但你还是来了。"

卡诺女士对她莞尔一笑，转过身去又把自己埋进照片堆里，不再理会她了。

"卡诺女士，您肯定认识我爸爸吧。"贾图小心翼翼地开口。

"我说的是'不太认识'，"卡诺女士打断道，"几乎可以忽略不计。"

"好吧，不太认识。但是……"

贾图停住了。她想起了自己的母亲。难道卡诺女士也认识她？

"但是什么，小朋友？"卡诺女士回答，"我要的咖啡呢？"

贾图站在原地看着卡诺女士的背影。显然现在不是问问题的好时机，或许下次还有机会。不过有一件事是肯定的：如果她拒绝了这里的工作，卡诺女士会疯掉的。

她朝卡诺女士的背影点了点头。

"好吧，"她说，"黑咖啡马上就来。"

她沿着走廊找到了厨房。

从未在任何地方上映的电影

　　厨房的状况比电影院的其他地方还要糟糕：地板上积着一层厚厚的灰尘，墙纸破破烂烂地耷拉着，其中一面墙上窗户的玻璃裂开了，超过半数的橱柜都失去了柜门。贾图不得不扭着身子穿过枯死的盆栽，才能来到水槽前。水槽里堆满了用过的咖啡杯，上头的污渍已经干涸结块。她拧开水龙头想清洗几个杯子。水管深处嘶嘶作响了好一会儿，流出了褐色的黏液。几分钟后，混浊的自来水终于逐渐清澈起来，贾图这才敢把水注入咖啡机的储水箱。循着一股陈腐的酸味，贾图在橱柜角落里找到了半袋咖啡豆。她把袋子拎起来，强迫自己不去看它的保质期。

生活就是一场冒险，贾图想，说不定这些豆子还能变成咖啡。在等待咖啡煮好的过程中，她给壁龛里枯萎的盆景拍了一张照片。可能已经有十几年没人见过这株枯草了。

"这杯咖啡简直是灾难中的灾难，"卡诺女士喝了一口，满脸惊恐地说，"可真有你的，贾图。"

"谢谢夸奖，我也觉得挺恶心的。"

"你好像真的挺适合这份工作。你正是我需要的员工。明天第一位客人就会上门，我真希望到时候这里能像个样子。要是入口能一尘不染，窗户能换上新玻璃，窗框也打上蜡就好了。吧台要亮堂堂的，饮料机能流出饮料，爆米花机里也必须装满玉米。没有爆米花的电影院就像……好吧，就像电影院没有爆米花一样。你最好下楼检查一下那台机器还能不能用。"卡诺女士指了指身旁巨大的行李箱，"那里有些称手的工具，里头还有一串霓虹灯。储藏室里好像有个楼梯能通往天台，你得到那儿去把外墙清洗清洗，让那些字母重新亮起来。你能做到吗？"

"今天？把这些全做完？"

"没错。"

"当然，当然能。"

"太好了！对了，我看到你还带了相机。我想让你给

36

影院的正面拍张照，最好每天都拍一张。"

"每天都要吗？"

"对，要是每天你过来的时候都能拍一张就好了，可以留着以后存档用。"

"好吧，"贾图回答，"明天只有一个客人会来吗？"

"当然，一次只接待一个。你的咖啡喝完了吗？"

"早就喝掉了，"贾图站起身，"它冷掉之后只会更恶心。"

卡诺女士轻轻地笑了。

"你真的很会做自己。"她赞许地说。

贾图疑惑地看着她。

"你怎么知道？"

"一看便知。见到你的第一眼我就知道你是谁。"她指了指自己亮蓝色的大眼睛，"这双眼睛能看到的远比你以为的要多。"

贾图歪了歪头："你知道吗，卡诺女士？你可真是个怪人。"

"我吗？那又怎样？你又好到哪里去了？"

卡诺女士说的不错，大家都认为贾图是个怪胎。因为她有时会故意穿两只不同花色的袜子出门，有时会左半边梳着马尾辫，右半边绑着麻花辫去上课。她甚至有时会不管不顾地大声自言自语。贾图并不知道自己有这个习惯，主要是她根本就不在乎别人怎么看她。

贾图又喝了一杯咖啡，被苦得打了个哆嗦。她拾起工具箱和灯带，勤勤恳恳地开始了在卡诺女士电影院里第一天的工作。

不知是因为变了质的咖啡，还是从昨天开始发生的一切都太疯狂了，总之一夜未眠的贾图现在精神抖擞。她先按照卡诺女士的要求给电影院拍了一张照片。在洗洗涮涮、缝缝补补、到处打扫的间隙，各种想法和问题充斥在贾图的脑海中。卡诺女士是父亲的远房亲戚或老朋友吗？还是说她是父亲的旧情人？说不定她真的认识母亲。

她几乎想到了所有的可能性。当然，这些答案是她自己编造的，不过这个推测的过程有趣极了：

1. 卡诺女士其实是她的生母，出生的时候医院把她抱错了。因此，她的父亲也不是生父，而是一个不小心把别人家小孩带回家的男人。

2. 父亲和卡诺女士才是她的亲生父母，而那个已故的母亲则不是她的生母。科妮莉亚是当时的产科护士，她一直暗恋着父亲，于是把贾图的母亲调换了。不，这就说不通了，排除这个选项。

3. 去世的母亲确实是自己的生母，但同时她也是一

38

名秘密特工。她曾在执行任务时身陷险境，被迫舍弃了旧身份，谎称自己已经去世了。此后，为了保护自己和家人不受毒贩的报复，她不得不远走他乡，隐姓埋名地生活。现在她再也无法忍受自己对孩子和丈夫的思念之情，于是乔装成卡诺女士偷偷回来了。也许在那片"不存在的草坪"里偷看的人就是她，昨天夜里从后院潜入贾图家的小偷也是她。兴许科妮莉亚就是那个毒贩。她一直给贾图和父亲打扫卫生，介入他们的生活，目的就是监视他们的一举一动，并以贾图和父亲作为诱饵，想要引母亲上钩。还有这个放着从未在任何地方上映的电影的影院。那唯一的客人会不会就是母亲的特工同伴？这些电影里隐藏着什么接头暗语吗？这个故事太荒谬了，没有人会相信的。但贾图曾经读到过一句话：排除一切不可能的，剩下的即使再不可能，那也是真相。[1]

无数谜团困扰着贾图，但此时她异常冷静。通常情况下，不能破解的秘密会使她焦躁不安，可这一次她只觉得欢欣鼓舞。她心中隐隐升起一种感觉——命运的齿轮将开始转动——起初她还游移不定，现在却坚信不疑。

傍晚时分，贾图已经完成了影院入口的清理工作。

1译者注：这句话来自《福尔摩斯探案集》中的《四签名》。

她拆掉了窗前的隔板，给窗框打了蜡，窗子看起来焕然一新。在渐浓的暮色中，"LUX"几个字母闪烁着暖红色的光。吧台上摆着两壶柠檬水，只有爆米花机实在修不好，贾图鼓捣了一会儿，最终放弃了。

贾图累得四肢瘫软，但还是成就感满满地走上楼梯，想告诉卡诺女士她要回家了。但当她再一次拉开放映室的窗帘时，里面空无一人。现在回想起来，她整个下午都没再看到卡诺女士。面前的桌上留了一张纸条：

抱歉，我有急事得先走了。明早九点这里就会迎来第一位客人，到时你还会过来吗？谢谢你的帮忙和上好的霉味咖啡！

卡诺

贾图茫然地环顾四周，发现自己正偷偷期待着有人能从身后拍拍她的背。

纸条旁边是一叠泛黄的文件夹，上面写着一行大字：重要机密——勿动！

贾图犹豫了片刻，但也只是片刻。如果这真是什么不可告人的秘密，卡诺女士就应该妥善地把它们收起来，而现在这堆东西就随意地躺在给贾图留的字条旁边。

卡诺女士可不是笨蛋，她很清楚贾图会看到"勿动"两个字。况且如果有人在某件东西上写了"勿动"，实际是在向别人发出**邀请**。

贾图拿起最上面的文件夹，发现在"重要机密——勿动！"的字样下面贴着一张标签。"从未在任何地方上映的电影——大卫与亚瑟·罗兹博特的树屋。"贾图念道。

她翻开文件夹，一张照片撞入眼帘。照片中，两个男孩站在一棵繁茂的大树上，他们面前是一个神奇树屋的入口。其中略显瘦弱的男孩显然是哥哥，他一只手搭在弟弟肩头，另一只手紧握着一把弹弓。

贾图把照片抽出来观察它的背面。那里用铅笔写着些什么，但字迹已经模糊不清，几乎辨认不出了。

1961 年，大卫和亚瑟最后一次在树屋相聚——贾图艰难地破译着。

文件夹里还有几张照片和文件。当中有一份医疗档案，上头写着"患者：大卫·罗兹博特"。贾图翻出来另一张照片，照片上的大卫躺在病床上，大概是病得更重的缘故，他看起来比站在树屋前时还要消瘦。在拍下这张照片时，他对着镜头做了一个傻兮兮的鬼脸，用胳膊撑着脸坐在病床前的另一个男孩，应该就是亚瑟了。他和哥哥一样咧着嘴，露出了耍宝的表情。大卫的忌日——照片背面用铅笔如是写道。

贾图砰的一声合上了文件夹，在心底不断对自己呐喊：这不关我的事！她深吸了一口气，这份档案本不该出现在她面前。

"贾图，你这个蠢货！明明封面上都写了勿动！"她高声对自己说。

贾图透过玻璃望向影厅，楼下的光线昏暗极了，但她还是能看到一排排红色的座椅，以及最前面的银幕。银幕上空无一物，呈现出浅浅的灰白色。她又将目光投向了窗台上的投影仪。即使贾图从未在现实生活中见过投影仪，但她仍可以判断出这台投影仪已经有不少年头了。一根又粗又长的电线接在投影仪上，穿过地板，一直延伸到房间角落一个沉甸甸的，金属制成的黑盒子里。贾图掀开盖子，失望地发现盒子里什么都没有。

贾图又一次从打字机上拾起了卡诺女士留下的纸条。好吧，卡诺女士，她想，明早九点我还会再来的。

贾图走下楼梯，顺便又试着拉了拉影院的大门。门仍是锁着的，不过这在她的意料之中，随后她穿过黑暗，从侧门离开了卡诺女士的电影院。

带着满腹疑问，贾图跨上自行车，在夜幕中踏上了回家的路。

愚蠢的电视节目

贾图走进厨房时，科妮莉亚和父亲都在。科妮莉亚在搅拌平底锅，父亲则坐在桌边，埋头读着报纸。贾图给自己倒了杯水，刚想离开厨房就被科妮莉亚微笑着叫住了："你这一整天都去哪儿了？"

"跟你有什么关系？"

科妮莉亚哼了一声，朝餐桌，也就是贾图父亲的方向投去一眼，然而后者全身心扑在报纸上，没有理会她们的对话。

"如果你能帮家里做点事就好了，"科妮莉亚接着说，"至少打扫打扫自己的房间。我知道你现在放假了，但这并不代表你就可以整天在外面闲逛，连个招呼也不打。"

"你也知道自己不该进我的房间？你把我重要的东西弄丢了怎么办？"

"你是说那块发霉的萨拉米三明治吗？"

贾图侧头望向父亲，想看看他是否会制止这个多管闲事的女人。但父亲依然没有从报纸中抬起头来。

"你有什么资格管我？你昨天不是来过了吗？怎么今天又来了？你就没有自己的家吗？"

"贾图！"这次父亲终于开了口，"你过分了！对科妮莉亚好点儿，她为你做了很多。"

"可是爸爸……"

"你已经长大了，贾图，不要耍小孩子脾气，你刚才太不尊重人了。科妮莉亚一直尽心尽力地对你，你就这么怨恨她吗？对不起，科妮莉亚，我替贾图向你道歉……"

在父亲说话间，老巫婆科妮莉亚的脸上瞬间恰到好处地浮现出了受伤、失望和宽容交织的表情。贾图由衷地佩服，同时又感到怒火中烧。

"算了，哈尔，她不是存心的。"科妮莉亚朝父亲噘起嘴。

"他叫**哈罗德**！"贾图怒不可遏地大喊，"还有你，爸爸，你到底什么时候才能动动脑子，清醒一点？你怎么总能让这个愚蠢的女人玩弄在股掌之中？她又不是我妈妈！你刚才不是说我已经长大了吗？我希望自己永远不要长大！"

玻璃杯被贾图砸在台面上，摔得粉碎。她怒气冲冲地离开了厨房，走上楼梯，冲进自己的房间。刚一开门，苏乞儿就哼哼唧唧地对贾图表示欢迎，那双亮晶晶的小眼睛里充斥着憨态可掬的神情。

"你都不知道楼下的人有多烦，苏乞儿！"贾图说，"就跟你的哼唧声一样烦。"

贾图把相机挂在脖子上，从兔笼里抱起苏乞儿，给它套上了牵引绳。

"我们出去散步吧，猪猪，"她哄着兔子，"但我们得从窗户翻出去，我可不想路过楼下那两个坏人。"

苏乞儿咕哝了几声，似乎根本没注意到自己已经离开了笼子。即使它被牵引绳挂在窗户上，也只是呆呆地望着前方。贾图小心翼翼地护着兔子从排水管上溜下来，然后悄悄穿过花园，来到门口。

然而几乎在打开后门的一瞬间，贾图心里升起了一种熟悉的感觉：门后有人。

苏乞儿本来蹒跚地跟在贾图身后，嘴里还在不断哼哼唧唧，但当贾图扯着它的背带把它拽回花园时却罕见的一声不吭了。然而为时已晚，不论门外站着的是谁，贾图她们已经暴露了行踪。垃圾箱翻倒的声音从门外传来，紧接着是急促的脚步声。贾图的心怦怦直跳，就连苏乞儿也竖起了耳朵，小眼睛里闪烁着警觉的光亮。贾图大着胆子朝巷子里望去，只看到一个匆忙逃离的黑影。

"来吧，苏乞儿。"她压低了声线，"这回可别让他跑了。"

说着，贾图抱起兔子撒腿狂奔。那个黑影跑到巷子尽头，看似不经意地打开了某个人家的铁门，闪身冲进了后院。贾图原本想着至少来得及拍下张照片，或用手电筒照清黑影的脸，但那团黑影在她来得及动作之前就穿过花园，消失得无影无踪了。贾图一个箭步冲到那扇铁门前，同时听到另一边传来了钥匙被推入锁孔的声音。最终，她在栅栏前停了下来，徒劳地拉了拉紧闭的铁门。心跳渐渐平缓下来，贾图喘着粗气，后知后觉地意识到门后是谁家的花园。

科妮莉亚。

"这倒是我没想到的，"贾图低声自语，"这个女人到底打的什么主意。"

贾图想起昨天有人溜进来时，她下意识地觉得那是自己认识的人。会不会就是科妮莉亚呢？不过可以肯定刚才那道黑影不是她！科妮莉亚现在还跟父亲一起待在厨房里，再说，她有什么躲进巷子里的必要呢？这根本说不通，毕竟科妮莉亚本身就有贾图家的钥匙。

贾图沿着科妮莉亚家的栅栏踱步，从缝隙中窥视花园的动静。科妮莉亚家的灯全都熄着。脑海中有个声音怂恿贾图翻过栅栏进屋，但她不敢，况且她还带着一只咕咕哝哝的兔子，一有什么风吹草动，苏乞儿会立马出卖她。

贾图踌躇了好一会儿，又透过栅栏偷看了几眼，花园里仍是漆黑一片，寂静无声。

"我到底在做什么蠢事，"贾图放弃了，"偷窥、私闯民宅、盗窃，这不都是很常见的事吗？我可管不了那么多，我和苏乞儿只是出来散步的。"

贾图把怀里的兔子放在地上，牵着它走出了小巷。借着路灯昏黄的光线，她慢悠悠地踱着步子。右边是她家对面的小公园，左边则是街区里一幢幢古老而庄严的房子。苏乞儿蹦蹦跶跶地走了几步，每遇到一个障碍物就会停下来，其中包括但不限于树枝、鹅卵石、树叶、口香糖，偶尔还有狗屎。

贾图想假装周围的一切与自己无关，大脑却又控制不住地飞速运转。她一刻不停地想着那个逃进科妮莉亚家花园的小偷，还有头脑昏聩的父亲。父亲总是麻木地对待一切，像一个没有灵魂的空壳般虚度人生。贾图转而想起父亲坐在钢琴前凝视窗外的样子，想到了钢琴上的名片，还有"不太"认识父亲的卡诺女士。

"你觉得呢，苏乞儿？"贾图低头向兔子问道，而后者正专心地啃着一根树枝。贾图拽了拽它的背带，苏乞儿趔趄着闷哼了一声，又爬回了树枝旁边。于是贾图把它从地上抱了起来。

"可惜你是只兔子，"贾图自言自语，"要不然你就能给我出出主意了。不过没关系，我自己肯定也能解决。"

当贾图准备睡觉时，科妮莉亚已经离去了。她躺在床上，听到楼下传来电视节目的声音。她多希望父亲能上楼来看看她，哪怕是跟她大吵一架，可他始终没有来。厨房里不愉快的插曲似乎被掩藏在电视机里的胡言乱语中，渐渐销声匿迹了。

第二天清晨，贾图下楼时父亲已经离开了家。

贾图往嘴里塞了一块三明治，又给自己煮了一杯脏兮兮的咖啡，一边靠在灶台边啜饮，一边朝窗外望去。窗外天气阴沉，还飘着小雨，整个街区笼罩在灰蒙蒙的雾色里。世界像是被从上到下泼了一桶水泥，甚至让人无法确定天空的高度。树叶毫无生气地飘下，散落在街道各处。

贾图把最后一口咖啡倒进水槽，披上厚外套，跨上自行车朝电影院骑去。

首位访客

在走进电影院之前，贾图按卡诺女士的要求给影院拍了张照片。她穿过玄关走进大厅，听到卡诺女士在楼上喊了一声："我马上就来！"

"好吧……"贾图自顾自地回答。

在等待的间隙，贾图弯腰摘除了一些粘在旧地毯上的棉絮，又打开了缠在"LUX"三个字母上的霓虹灯开关。随后她绕到吧台内，取下柠檬水的盖子。在确保做好一切准备后，贾图推开了影院大门。不多时，果然有一位老先生走了进来。他头戴一顶礼帽，拄着拐杖，衣着整洁，仿佛他本人就是从电影里走出来的人物。老先生腋下夹着个用胶带紧紧封住的纸盒子，略显紧张地环顾着四周，似乎不确定自己是否来对了地方。

"中午好，先生。"贾图礼貌地打了个招呼。

客人吓了一跳，差点把纸盒子掉在地上。

"您想喝点什么吗？"贾图问道，希望自己的友善能让对方稍感安心。

"我想这里应该没准备威士忌吧，小姐？"老先生和蔼地微笑起来。

贾图看着她吧台上的两壶水，尴尬地扁了扁嘴："只有橙汁和柠檬水，如果您想来点刺激的，我还可以给您泡一杯霉味咖啡。"

老先生摇了摇头，缓缓凑近了些。

"橙汁听起来不错，"他说，"麻烦给我来一杯。"

"稍等一下，我马上就来！"卡诺女士的声音又从楼上响起。

"卡诺女士很快就下来。"贾图一边重复着，一边把橙汁倒满。

"我听到了。"老先生点了点头。

他犹豫了片刻，抱着纸盒子在吧台前坐下，端起橙汁喝了一口，随后赞许地点了点头。

"真不赖，我已经很久没喝过橙汁了。甜蜜的味道总能让人开心，你说是吧，小姐？"

老先生露出了一个和善的笑，这让贾图一扫早上的阴霾。她仅仅是倒了杯橙汁，一件这么简单的事情就能让别人开心，这给她带来了一种非常纯粹的幸福感。这种幸福不依赖于任何事物而存在，它就在那里，时不时就会触动你的心灵。

贾图的目光扫过那个被封得严严实实的纸盒子，又看了看老先生的脸，满腹疑问却不敢开口。

就在这时，头顶传来系带靴踩在楼梯上的清脆声响。

"感谢您的光临。"卡诺女士开口，"纸盒子里是我问您要的东西吗？"

老先生低头看了看腿上的纸盒子，似乎已经完全忘记了它的存在。"对……"他说，"对，没错。"

"我能把它拿走吗？"

老先生用颤抖的双手将纸盒子递了出去。

"谢谢，我马上就回来。"说着，卡诺女士又消失在楼梯尽头，走进了放映室。

吧台重归宁静，老先生继续小口抿着橙汁，贾图则目不转睛地盯着他看，试图从他的神情中研究出什么。过了几分钟，卡诺女士又下楼来了："电影马上开场，您要来看吗？"

"来……当然要来。"老先生犹豫着站起身，随后他转向贾图，"感谢你的招待，小姐。"

贾图轻轻点头，回以微笑。

随后，卡诺女士和老先生穿过刷着红漆的大门，消失在影厅里。贾图的视线跟随着他们，试图捕捉到一些信息，但影厅里一片漆黑，大门很快就被关上了。入口处一片死寂。门后同样鸦雀无声，没有音乐、没有台词，仿佛什么都没有发生。贾图走到门边，把手贴在门上。有那么一瞬间她想把门推开一条缝，但她始终不敢。

要是她打扰到别人或者造成了破坏该怎么办？万一门后发生了什么危险的事件呢？

随即，她脑海中灵光一闪，想到了楼上的放映室，想到了那个用粗电线连接着投影仪的奇怪黑盒子，还有那扇可以看到楼下影厅的窗户。

贾图爬上楼梯，穿过走廊，推开厚厚的窗帘。房间里，投影仪正嗡嗡作响，桌上放着那位老先生随身带着的纸箱。现在纸箱已经被打开了，里面空空如也。贾图走过去，小心翼翼地掀开黑盒子的盖子。盒子里装着一个弹弓。

贾图透过玻璃看向影厅，银幕上播放着树屋的画面。屋前站着两个男孩，和昨天在照片上看到的别无二致。

贾图意识到，刚才那位老先生一定就是亚瑟·罗兹博特，1961 年的照片上那个和生病的哥哥站在一起的小男孩。那已经是六十年前的事了。

可是卡诺女士和亚瑟现在在影厅里做什么呢？他们在一起观看亚瑟的回忆吗？银幕上，树屋和两个男孩的身影依然清晰可见。然而除此之外什么也没发生，画面就定格在那里，一动不动。他们只是想把照片投影到一个更大的银幕上吗？这能让他们获得沉浸式体验，是这样吗？

还有就是，他们俩到底坐在哪里？贾图透过窗户在影厅里找了一圈，却看不到任何人影。她的视线仔细划过每一把座椅，确保自己没有遗漏任何东西，可影厅里似乎真的空无一人。

贾图放弃了。然而正当贾图走出放映厅，准备下楼梯时，她透过入口处的玻璃看到了一个令她心惊肉跳的身影。科妮莉亚正站在电影院门口。她透过门玻璃往影院里看了看，随后退了几步，对着外墙摇了摇头，又不死心地把脸贴在了玻璃上。科妮莉亚没有试图去拽大门，从她的表情来看，她觉得那道门太脏了，她不想去碰遍布灰尘的把手，只能鬼鬼祟祟地往里偷看。

这个老巫婆来这里干什么？她在跟踪自己？她现在连在家之外发生的事也要插一脚了？

贾图在楼梯口猫着腰，旋即诧异自己的躲闪。她为什么不直接光明正大地走下楼梯，打开门对科妮莉亚说上一句："您好，有什么需要吗？"

然而贾图还是不太敢和她正面对峙。

"贾图，承认吧，你怕她怕得要命。"有道声音在贾图脑海中低语，"万一科妮莉亚害死丈夫的故事不是传言呢？说不定科妮莉亚真杀了他！如果是这样，她大可以用同样的方式轻而易举地让你也消失。"

"闭嘴！"贾图恼怒地把那道声音喝退。

她讨厌自己这些幼稚又愚蠢的想法。但她还是僵硬地留在原地一动没动，直到科妮莉亚放弃窥伺，转身离开。

直到确定科妮莉亚真的走了，贾图才起身慢慢走下楼梯。站在一楼大厅里，她恍然感到一阵失落。她可真是个傻孩子，忙前忙后了两天，最后只能无助地东躲西藏，孤身一人来到这个空荡荡的入口。她完全不知道影厅里发生了什么，也不知道自己究竟在做什么。除了倒点柠檬水，煮点过期咖啡，在好奇心的驱使下跟着别人瞎忙，什么有意义的事也没干成。

贾图习惯于追随自己的好奇心，即使成功的程度各不相同。比如有一次，她在学校的走廊里闻到了乳制品腐败的气息，她循着味道找过去，最终发现暖气片后面夹着一盒放了三个星期的牛奶。几乎是在看到那盒牛奶的瞬间，她就被臭气熏晕了过去，摔倒时脸被暖气片划了条大口子，不得不缝了好几针。还有一次，贾图想试试看冰箱里是否能装下自己。她爬了进去，发现里面意外的凉爽，于是又拿了支手电筒进去读《僵尸启示录》。四个小时后，父亲去冰箱里拿啤酒时才发现贾图已经严重失温，正大口大口地喘着气。

不过贾图仍然只会遵从自己的内心，她很清楚这一点。总有一天，好奇心会指引她去到一个其他人无法到达的地方。

互联网之梦

　　那天，当亚瑟·罗兹博特先生从影厅里走出来时，脸上挂着梦幻的微笑。贾图没敢再对他说什么，但她几乎可以肯定，即便说了他也根本不会听到。

　　在接下来的日子里，更多的顾客接踵而至。他们中大多数是老人，偶尔也有二三十岁的年轻人。每个人都带着一个盒子，盒子里装着一件东西。每回卡诺女士带着客人消失在影厅里，贾图就会悄悄溜进放映室偷看黑盒子里的东西。黑盒子里头总是放着各式各样的玩意儿，一只泰迪熊、一个水壶、一枚邮票、一根棍子、一条项链，甚至一个漏气的足球。贾图在银幕上看到过海滩、浴室、路边餐馆、荒芜平原上的帐篷、摆满酒瓶的野餐桌，还有荡秋千的人、躺在草地上的人、在湖中央挥手的人。

始终不变的是空无一人的影厅。

几天下来，贾图至少看到有十个顾客走进电影院，最终都带着向往的神情离开，但她仍然像最初那样对中间的过程知之甚少。后来，从假期结束前的某一天开始，再也没有客人上门了，卡诺女士也来得越来越少。

卡诺女士告诉贾图她还有别的事情要忙，住的地方离电影院也很远。卡诺女士还有一家像这样的电影院，不得不来回奔波，因此每次只能在这边停留很短的时间。但当贾图提出去另外那家电影院给她帮忙时，卡诺女士却摇了摇头。

"那儿太远了。"她说，"而且也没有你的位置。"

贾图注意到卡诺女士几乎从未在卢克斯影院停留超过三小时。每次只要待的时间长一点她就会坐立不安，不停地低头看自己那块华丽的手表，有时突然就冲出了门外。

"你急着去哪儿？"贾图问。

"我说了你也不知道。"卡诺女士回答道。

随后话题就这样不了了之。

有那么几回，贾图试图在卡诺女士匆忙出门后跟踪她，但每次都跟丢了。卡诺女士像知道背后有人似的，会突然躲进公园或小巷，要么就是趁绿灯时快步穿过熙熙攘攘的人群，随后消失不见。

秋假结束了，贾图仍会每天在放学后去一趟电影院。她每天都雷打不动地在街对面给卢克斯影院拍上一张照片，尽管卡诺女士从未向她要过。现在，卡诺女士已经根本不出现了。

电影院的入口又上了锁，然而这并不妨碍贾图从侧门的秘密通道进去。放映室里还放着卡诺女士的全部家当：一沓沓照片，一摞摞写满复杂公式和施工图纸的笔记本。

忽然有一天，贾图发现影厅的锁自己开了。于是她第一次走进这间屋子，兴奋地仔细检查每一个角落。然而房间里似乎一切如常，直到她在黑暗中不小心碰到了银幕。

贾图以前从未触摸过电影银幕，但她非常肯定这东西不应该是这种触感。她小心翼翼地伸出手指再次碰了碰。那块布就像一片悬空的液体，贾图摸了一下，感觉像把手指伸进了一摊牛奶。在指尖触及布料时，一股浪潮忽地涌上贾图心头，让她全身的肌肉不可控制地收缩，心脏狂跳不止。那感觉比触电还要糟糕。在收回手指时，贾图看到银幕上出现了一圈涟漪。她在银幕前踱步，仔细研究了每个角落，甚至尝试从幕布后观察，但都没有发现任何蛛丝马迹。这块银幕挂在一面再普通不过的墙上，后面什么也没有：没有密室，没有通往另一个空间的虫洞，没有秘密观察她的外星研究小组。这只是一面普通的白墙，前面挂着一块特别的银幕。

贾图开始研究那些装着照片的文件夹，不放过里面的任何文章和附件，并自作主张地把影厅更名为她的阅览室。每当放学后，她会在茫茫椅海中选一处坐下来，给自己倒上一杯柠檬水，然后从放映室里拿出一支手电筒，让纸张和照片在不知不觉中堆满身侧。每隔一会儿她就会离开房间，到吧台给自己续上柠檬水。

每天中至少有三次，贾图的好奇心都会战胜被电击的恐惧：她会短暂地把手指伸进银幕里，被无形的冲击波震得浑身发麻。每次经历这种触电般的感觉后，都会有一股情感的洪流涌上她的心头。她有时能从中分辨到一些熟悉的情绪，有时又觉得复杂而陌生。这些片段在她的脑海中留下了微小而难以理解的痕迹。每当夜幕降临，贾图总会沉浸在这些碎片化的思绪中无法自拔。

她躺在床上，辗转到深夜，脑子里的念头又开始飘忽不定。她想到了母亲。只有这时，贾图才会感到自己不再像往常那样冷漠。她会起身走到衣柜前，温柔地抚摸那件红色连衣裙。她总是忍不住低头轻嗅，想象自己闻到了12年前春天的味道。

　　家中一切如常。科妮莉亚还是科妮莉亚。贾图没在电影院再见过她，科妮莉亚也从未提及自己去过那儿。而这恰恰是令贾图奇怪的地方。按照她对科妮莉亚的了解，她肯定会对自己去那家怪异、空荡又脏兮兮的电影院颇有微词。然而她却罕见地保持了沉默，就像从没去过那里一样。

　　父亲要么工作，要么看无聊的电视节目，甚至就坐在椅子上，根本什么都不干。贾图即使最近想母亲想得愈来愈频繁，也不敢向父亲询问有关母亲的任何事。她上一次问起此事还是一年多以前。当时她只得到了一些笼统的回复，例如她母亲是个很可爱的人之类的，而这些贾图自己也能猜得出来。更多的时候父亲只是什么也不说，每当贾图提起母亲，他的眼前就像蒙上了一层雾气。

　　在对这个话题讳言了一年后，贾图现在连提都不敢再提了。因为她不想再一次失望。她不再去问父亲，转而开始在网上搜索母亲的信息，然而一无所获，没有照片，没有只言片语，没有旧的班级名单，什么也没有。好在贾图根本没抱任何希望，她早就把能尝试的方法都试过了。有那么一段时间，搜寻与母亲有关的一切甚至成了她的心病。不过几年前，她也曾真的发现了一些蛛丝马迹。一次偶然的机会，她从网上搜到了一张她家附近公园举行派对的照片。在重重人影后，她看到了一个直视镜头的女人。虽然照片中的面孔已经模糊，但贾图确信那就是她的母亲。母亲的眼神饱含温情，仿佛正注视着什么稀世珍宝，宛如正从另一个世界，通过时空的秘密裂隙注视着女儿的眼睛。贾图从未如此真实地感知过母亲的存在，就好像母亲一直躲在网络图片的某个角落，只要贾图好好在互联网上搜一搜就能找到一样。

当晚，贾图盯着那张照片彻夜未眠，甚至第二天又点开网页看了很久。然而突然有一天，照片所在的网站被毫无预兆地关停了。照片也随之消失，贾图再也没能在其他地方找到它。每当她回想起那张照片，她都会怀疑自己看见母亲站在公园人群中的画面是不是一场梦。

在翻完卡诺女士留下的所有照片和笔记后，贾图把有关时空旅行的书籍和《僵尸启示录》带去了电影院，坐在影厅里看了好几个小时。卡诺女士似乎再也不会回来了。贾图偶尔甚至怀疑秋假里发生的一切都是自己的幻觉，然而每当这时，她只要用手指一戳银幕，就会意识到一切并非虚幻。

在一个再平凡不过的午后，卡诺女士突然又出现在了电影院。

"我还没付你工钱呢。"她直截了当地说。

"你这段时间到哪儿去了？"贾图惊诧地从书中抬起头。

"我忙着呢，小鬼。"卡诺女士回答，"人长大之后就会莫名其妙地忙起来，你以后就明白了。"

"其实你没必要付我钱。"贾图说，"我根本没做什么，现在已经没什么活儿要干了。"

"明天起就有了。"卡诺女士说道，"明天有新的客人要来，还是个十八岁的男孩儿。他叫蒂恩，是专门为他的小狗来的。你到时候要做的工作很有趣，而且一点也不累人，不过我觉得还是值得重视起来，毕竟这是你第一次穿越时空。"

"穿越时空？"

"没错，你将作为时空穿越者，陪他看完整场电影。"

"唔……"

"电影明晚八点开场，记得提前一小时来。要想成功完成时空穿越，你还需要知道很多注意事项。"

捕捉回忆瞬间

　　第二天晚上，当贾图提前一小时紧张地走进放映室时，卡诺女士已经到了，手里还端着两杯热气腾腾的咖啡。

　　"来坐，贾图。"她说，"我有很多话要跟你说。"

　　卡诺女士指了指角落里的一张凳子，贾图急忙坐了上去。卡诺女士将其中一杯咖啡递给她，然后斜靠在桌子上。

　　"你对奇特、异常和未知的事物充满兴趣，对吗？"她开口。

　　"你怎么知道？"

　　"都在你眼神里写着呢。"

"眼神？"

卡诺女士朝贾图的方向弯下腰，直直地注视着她的双眼。

"对，眼神。"她说，"这是一种时空穿越者独有的眼神，很少有人能拥有这种眼神。首先你得是个怪胎，并且敢于承认自己的奇怪。你跟我以前一模一样，贾图。以前我总会对别人觉得荒诞可笑的事情充满好奇。那时候的我就跟你一样聪明，也同样固执。如果你能一直保持好奇心，就会发现一些连自己都觉得不可思议的事情。"她停顿了片刻，极富戏剧性地端起咖啡抿了一口，随后闪烁的星眸又停留在贾图脸上："比如这世上真有穿越时空的办法。"

"就像罗兹博特先生那样……"

"没错。"

"那些照片……"

"让我简单演示一下它是如何运作的。"卡诺女士出声打断，"我就先不给你讲复杂的物理公式了，那些东西对现在的你没什么用。"

她又抿了一口咖啡，弯着那双有神的大眼睛，对贾图的反应赞许地点了点头。

"好，我们现在开始吧。"卡诺女士说，"首先，时间不是流畅的，因此它不具有流动性。如果你把时间拆分成短暂的片段——秒、毫秒，甚至更短的时间，就这样一直分下去，直到某一时刻，你会发现它已经短到无法再被分割了。就像海滩是由数以万亿计的沙粒组成的一样，时间也是由数以万亿计独立、静止、连绵不断的瞬间组成的。"

"电影看起来也很流畅，所有场景都在顺滑地移动，没有丝毫卡顿。然而，事实上它们都是由快速而连续出现的静止镜头构成的。"

她指了指投影仪。

"这台投影仪非常精确，它可以显示时间中那些最为微小的瞬间。当然，在使用它之前，你必须先确定自己真正想看到的瞬间是什么。就像使用普通投影仪时需要将一卷胶片放在机械装置上一样，你也需要给这台投影仪喂点东西。这台机器可不是靠普通胶卷运作的，我想这一点你已经知道了。"

"对，"贾图回答，"它放映的是从未在任何地方上映的电影。"

"没错。"

"它放映的是回忆，对吗？"

"对极了。"

贾图点了点头："其实我早就猜到了。"

"显然你已经看过那些机密文件了。"

贾图有点郁闷地看向卡诺女士："你觉得呢？"

"你肯定看了。"

"好吧。"

卡诺女士对贾图投以微笑。

"这些原理都是你自己想出来的吗？"贾图问道，"这些都是你一个人做的？"

"不止我一个人，还有人给我帮忙。我说过，你必须始终保持好奇心，不在意其他人的眼光。只要你肯努力，这件事其实没那么难。虽然我为此几乎奉献了自己的一生，但我相信你也同样可以做到。贾图，你要牢牢记住，你能做的比别人想象的要多得多。永远记住这一点。"

"当时帮你的人是谁？"

"我的丈夫。"

"你有丈夫？"

"当然了，没想到我这个怪阿姨还有老公吧？但即使像我这样奇怪的人，也能在世上找到一个完全契合的另一半。"

"哦不不，我不是这个意思……"贾图赶快解释道，"我只是没想到……"

"没想到？"

"对……"

"其实大部分情况下，我也只是个普通人。虽然我看起来挺奇怪的，但我也有一个属于自己的家，一个有人会等我回来的家。我的丈夫是一个非常聪明的人，而且跟我一样充满好奇心。"

　　楼下，电影院的门铃响了起来，卡诺女士看了看她华丽的手表。

　　"他来早了。"卡诺女士耸了耸肩。"您好，蒂恩？"她朝楼下喊道，"等我一下，马上就来！"

　　卡诺女士起身走向窗帘。

　　"我去去就回，贾图。"卡诺女士嘱咐。

　　蒂恩，贾图在心里把这个名字念了一遍，她一会儿就要陪这个叫蒂恩的男孩缅怀过去了。

　　贾图听到玄关门关上的声音，以及卡诺女士再次上楼的脚步声。

　　"虚惊一场，"卡诺女士重新走进放映室时说，"一定是风把门吹开了。我们刚才说到哪儿了？啊，对了，盒子。"

　　她指了指那个用粗电线连在投影仪上的黑盒子。

　　"每个客人都会带来一件与回忆有关的物品。一枚戒指、一块石头、一本书，甚至是一叠纸，只要是留下记忆的东西都可以。只要把它们放进那个黑盒子，投影仪就会自动挖掘出存储在其中的时间。"

"储存在其中的时间？"贾图想到了罗兹博特先生带来的弹弓。

"正是如此，每样东西都保留着过去的印记，一如潮水退去时，海浪也会在沙滩上留下痕迹。就像我刚才说的，世间万物都是由极其微小的碎片构成的。原子，以及比原子还小的粒子。通过这些微小粒子的状态，我们可以追溯它们都去过哪里，发生过什么。就像侦探可以从犯罪现场的线索中推演出几个小时前发生的事情，从这样一件物品中也可以挖掘出整段记忆。而投影仪的作用就是把这段记忆投射到银幕上。"

"投影仪能显示所有东西的过去？连随便从街上捡点什么也行？"

"这倒也不是，它的运作是有限制的。你不能随便拿起块石头就回到几百万年前，不过一百年前还是没问题的。这个东西存在的时间越长，留下的痕迹就越多，那么相应地，你挖掘到的过去就会变得不那么稳定和可靠。我保证，你不会想去那种混沌的地方时空旅行的。"

突然，厨房的方向传来了一声脆响，把两人都吓了一跳。好像有什么东西摔碎了。

"这又是怎么了……"卡诺女士小声抱怨。

她们两个不约而同地屏住呼吸，然而四周一片寂静。

"贾图，你在这里待着。"

说着，卡诺女士又穿过窗帘消失了。不一会儿，贾图听到厨房里传来了窸窸窣窣的声响。她起身溜出了放映室，想着如果卡诺女士和小偷打起来了，她还可以在旁边帮忙。当贾图蹑手蹑脚地走到厨房门口时，她看到卡诺女士正在用簸箕和刷子清扫泥土和碎片。

"都是风干的好事。"卡诺女士叹了口气，下巴朝大开的窗户抬了抬，"一定是窗页碰倒了盆栽，又把台面上的杯子扫掉了。"她又指了指地上散落的泥土和碎片："不过这些碎片正好可以给你上一课，它们都是线索，我们可以从这些东西里看到事情的来龙去脉。"

贾图走上前关窗户，却在窗边闻到了一股熟悉的气息。

刚才的声响根本不是风弄出来的。

窗前残存着些许甜腻的香水味，贾图一下就闻出来了。

科妮莉亚。

绝对是她。

穿越时空

"你还好吗，孩子？"贾图听到卡诺女士的声音，"你的脸色怎么突然这么白？"

"我没事……"贾图慢慢找回些神智，她透过窗户望向小巷，但巷子里空荡荡的。随后她走下楼去，到影院门口看了看，大门仍虚掩着，大厅里空无一人。她探出头去扫视了一圈，街道上什么都没有。

"没什么事吧，贾图？"卡诺女士的声音从楼上传来，"快上楼，客人马上就要来了，我还有很多事没说完呢。"

真的是科妮莉亚吗？她是什么时候来的？她全都听到了？这个女人到底想干什么？！贾图想起了自家后巷的

那个偷窥者，那个人最后可是逃进了科妮莉亚家的大门。她们两个之间有什么关系？这一切到底是巧合还是另有隐情？

"贾图？"

"我来了！"

贾图甩甩头跑上楼梯，试着把科妮莉亚从脑子里踢出去。现在她需要集中精力听卡诺女士说话。她有预感，穿越时空可不是件开玩笑的事，稍有差池就会陷入危险……

于是贾图走进放映室，老老实实地坐回角落里的凳子上。

"你还好吗？"卡诺女士蹙眉看向贾图，目光锐利。

"我没事，"贾图回答，"楼下一切正常。"

"那就好，"卡诺女士点点头，"简单总结一下，通过把带有回忆的物品放进黑盒子里，你就可以挖掘出与之有关的过去大约一百年间的历史。当然，你不能一次性看完这期间发生的所有事，而是需要确定一个你真正想看的具体时刻。比如像罗兹博特先生那样，回顾自己和哥哥在树屋里度过的那个下午。为此，他需要准备一张属于那个时刻的照片。我会把它放进投影仪里，看，就是从这里放进去。"她指了指机器上的插卡槽。"有了照片，投影仪就能准确地聚焦到图片中的那段过去。然后你就可以用这个手柄，"她又指了指机器侧边的一根大铁棍，"快进或倒退几小时，直到捕捉到正确的瞬间。这时你就可以带着顾客走进银幕，进入回忆的世界。"

"走进那块银幕里？"

"没错，那块银幕是另一个怪东西，不过我想你肯定忍不住偷偷把手指伸进去过吧？"

"你这又是怎么……"

"我当然知道了，"卡诺女士打断了她的话，"总之你一定感受到了，那块银幕是用非常特殊的材料制成的。我之前对你说过，只有始终保持好奇心才会有所发现。我可以明确告诉你，这些东西可不是一朝一夕就能发明出来的。银幕的名字叫作未知银幕，构成它的所有粒子既无处觅踪，同时又无处不在。投影仪会将这些粒子有序地排列起来，使它们形成属于记忆的正确形式、时间和地点。这样，这块银幕就成了通往另一时间的通道。只要步入其中，就可以穿越时空。"

贾图从凳子上站起来，走到窗前。她透过玻璃向电影放映室望去，只见月白色的银幕在暮色中如幽灵般若隐若现。

"所以你们之前都进入银幕里了？"她低声问。

"是的，时空隧道中的你和现实中的你同样真实。"

"这……这不可能……"

"这就要看你相不相信了，你真的认为人不可能穿越时空回到过去吗？"

"嗯……"贾图沉默了，目光停在银幕上。她想起当自己用手指触摸时，曾有一种奇异的感觉涌上心头。随即她又回想到那些顾客从影厅里走出来时的神情。

"其实我是**相信**的。"贾图喃喃回复。

"我也一样。"

"不过说实话，这听起来挺危险的。"

"这个嘛，首先你必须知道自己在做什么，这就是为什么我从来不让顾客单独走进时空隧道。与其说是陪他们一起进去，不如说我是个'旁观者'。而今天，这个角色是属于你的。你得和顾客一起穿越时空，保证时空隧道里一切正常，尤其要注意不要在回忆里停留太久，不然周围就会出现时间裂缝。"

"时间裂缝？"

"投影仪聚焦在银幕上的是一段特定时间内的过去。它最多会持续几个小时，超过这个时间限度后，投影仪就什么也读取不到了。如果你在时空隧道中待得太久，这种虚无就会渗入银幕，缓慢地撕裂记忆，最终你的周围会被抹杀得空无一物。你**肯定**不希望这样的事情发生吧。"

"然后会怎样？"贾图张大了嘴巴，几乎要发不出声音。

"那我就不知道了。"卡诺女士回答，"不过我觉得你也不会想亲身体验的。"

贾图不禁打了个寒战，目光仍然无法从银幕上移开。

"那怎么才能从银幕里出来呢？"贾图急切地问，"进入回忆世界后还能找到出口吗？"

"当然有出口。所谓回忆，也就是从前发生的一件事。因此，它不仅与时间不可分割，还跟地点息息相关。当你越过了地点的界限时，你就会回到这里，回到电影院。这些地点的边界很容易找到：当你接近它们时，回忆世界将会变得模糊不清。而在你走出地点的边界后，身旁的一切都会消失，只剩一团浓雾。这是因为你已经走出了记忆的范围，进入了从未留下痕迹的地方。"

卡诺女士神色轻松，好像在说着一件世界上最平常不过的事情。在她眼中，穿越时空和去超市买点东西似乎没什么两样。

"我并不是说穿越时空完全没有危险。"她坦率地接着说，"相信没有一个家长会允许自己的孩子冒这样的险。"

卡诺女士和善地笑着，然而转瞬即逝，她脸上蓦地浮现出一丝阴影，像风在水洼上吹起涟漪般难以捕捉。仿佛她突然意识到了什么，又迅速地把它置之脑后。

贾图定定地看着卡诺女士的脸，第一次怀疑面前的人是否真的值得信任。事实上，她觉得自己对她还是一无所知。虽然卡诺女士终于告诉了她更多关于电影院和穿越时空的事情，但这并没有让贾图离解开有关卡诺女士本人的谜团更近一步。

然而自从听到**记忆**这个词起，最让贾图魂牵梦萦的——如摇曳的烛影般挥之不去的——是她的母亲。她母亲的连衣裙……是不是可以放在黑盒子里？如果她再把母亲坐在长椅上的照片塞进放映机……是不是就能看到什么？

绝对可以的。

可是只要一想到有可能会在穿越时空中落入时间裂缝，贾图就像被一只无形的大手扼住了喉咙，恐惧得无法呼吸。

"我是不是来太早了？"一个声音突然在楼下响起。

"我们的客人来了，"卡诺女士说，"我现在得下去看看。瞧，这就是他的电影。他那时才五岁。"

她把一张照片塞进贾图手里，刚想起身走出放映室，却被贾图拉住了袖子。

"卡诺女士？"

"怎么了，孩子？"

"为什么你不把一切都告诉我呢？为什么不告诉我你是怎么认识我爸爸的？"

卡诺女士转过身，与贾图四目相对。

"相信我，贾图。"

贾图犹豫了一下，还是松开了袖子。

卡诺女士鼓励地朝她点了点头："准备好就下楼来吧。"

她再次转身，消失在窗帘后面。

贾图低头看了看照片，一眼就认出照片拍摄的是她家附近小公园另一头的宠物店。从很小的时候起，她就经常站在那家店的橱窗前向里面张望。她曾经看到一只小兔子坐在橱窗里，亮晶晶的眼睛透着傻气。贾图一眼就喜欢上了这只毛茸茸的小东西，她立刻跑回家砸碎了自己的存钱罐，从此拥有了一只名叫苏乞儿的小兔子。

照片上是一对年轻夫妻，他们正带着儿子走出宠物店。而小男孩低头看着怀里的小狗，脸上洋溢着幸福的笑容。

"你好，五岁的蒂恩。"贾图对照片上的小男孩轻声说道，"准备好去往自己的回忆世界了吗？"

随后她站起身，走出放映室，摆出一副自信的表情，仿佛她已经是一个经验满满的旁观者。

直击贾图的双眼

入口处的年轻人染着一头蓝发，头上能穿孔的地方几乎都被他打了洞。他长着一张尖尖的脸，小小的眼睛里闪烁着疑惑的光，正立在房间中央紧张地环顾四周。卡诺女士站在他身旁。

"看，"卡诺女士对这个年轻人说道，"她就是你穿越时空时的旁观者。"她又看向贾图："贾图，这位是蒂恩，他有点害羞。你能给他倒杯饮料吗？"

"她也要一起？"蒂恩惊讶地问道，"她还是个小屁孩呢！"

贾图决定不理会这明显带有侮辱意味的评价，走向吧台。

"你要橙汁还是柠檬水？"她问。

"我不喝饮料。"蒂恩愤然道。

"也行。"贾图回答。

"贾图年纪是很小，但她可是一名出色的旁观者，"卡诺女士出声，"她绝对能保证你的安全。"

说真的吗？ 贾图差点脱口而出，但最终还是咽了下去，因为她看到蒂恩正眯着小眼睛打量自己。

"我先上去准备，"卡诺女士接着说，"很快就来。"

她用胳膊夹住蒂恩带来的鞋盒，走上了楼梯。

楼下，两个人沉默而立。贾图试图估摸出蒂恩是个怎样的年轻人，光从刚才的表现看，他既娇气又易怒。

"你为什么要在身上打这么多洞？"贾图忍不住问。

"觉得漂亮喽。"蒂恩回答。

贾图点点头，开始考虑自己十八岁以后是不是也可以戴点耳环之类的。

"你的狗叫什么名字？"她又问。

"我的狗上周死掉了。"

"啊！"贾图不禁愕然。

"它叫麦克斯，我养了它十三年。"

贾图点点头，想必就是从照片上的那天算起。

"那你是想再见它一面？"她问。

"差不多吧。"蒂恩耸了耸肩。

谈话间，卡诺女士走下楼梯。"你们准备好就跟我来吧。"说完，她打开了影厅的大门。

贾图决定给蒂恩留下一个老练的印象，于是她率先起身走在前面，跟着卡诺女士进了房间。照片被投射在银幕上后变得巨大无比，五岁的蒂恩看起来有两米高，小狗有绵羊那么大。

"帮我看看表，贾图。"卡诺女士说，"现在几点了？"

"八点十一。"

"很好，你们可以在里面待到十点。其间，如果你们想回来的话，就穿过周围的白雾：别害怕，其实不需要在雾里走很远。不过你们俩得待在一起，千万别分开。"

贾图紧张得心脏怦怦直跳，但她努力让自己的表情保持平静。她跟着卡诺女士来到银幕前，感觉到蒂恩仍站在她身后没有动。

卡诺女士接着说："你们只需要像跨过草地上的栅栏一样跨进银幕里。这感觉可能会有点奇怪，有点像在洗冷水澡，不过只要熬过最开始那一会儿，你们很快就会习惯的。懂了吗？"

贾图点点头，生怕声音会出卖自己的紧张。

"女士……"蒂恩开口,"我们**不是真的**在穿越时空吧?这只是个小把戏……对吗?像催眠一样?"

"不不不,这可不是把戏,"卡诺女士摇摇头,"当然也不是在做梦。一切都是真实的。所以你可千万不要在时空隧道中做奇怪的事,更不要惊动回忆世界里的任何人,否则后果不堪设想。最重要的是,你们必须按时回来。"

蒂恩面如死灰地盯着屏幕。贾图此时完全可以理解他的感受,只不过她竭力不让自己也表现得同样面无人色。

"要是你现在打退堂鼓了也完全没关系。"卡诺女士说,"我知道这对你来说可能太不可思议了。"

贾图看向蒂恩,寄希望于他主动放弃这次旅行。但蒂恩察觉到她的目光后,却挺直了腰板。

"不,"他说,"我们去。"

"很好,"卡诺女士微微一笑,"其实也没你想得那么吓人,有贾图陪着你呢。"说着,她对贾图眨了眨眼睛。然而贾图紧张极了,她回应卡诺女士的眨眼睛可能更像是紧张的抽搐。

"对了,贾图,你的眼镜。"卡诺女士接着道。

"你要它干吗?"

"你最好把它摘下来。虽然一开始进去时可能会有点看不清,但这种情况不会持续很久。经验告诉我,在穿越时空时，眼镜之类的辅助工具只会让你的视线模糊得更厉害。"

"不戴眼镜反而看得更清楚？"

"正是如此。"

贾图取下自己的眼镜交给了卡诺女士。

"现在拉紧对方的手。"卡诺女士开口。

"呃……"贾图犹豫了。蒂恩则冷哼了一声。

"来吧，"卡诺女士微微一笑，"别那么幼稚好不好。"

贾图感受到蒂恩的手轻轻搭在自己手上。

去吧，贾图，她想，让他看看谁说了算！于是她一把抓住蒂恩的手，也许用力过猛了点，因为她听到对方的指骨咔吧一声，身后还传来了一声呻吟。这样更好，她想，至少现在他知道谁是老大了。

贾图向前迈了一步，感受到蒂恩亦步亦趋地跟在身后。于是她大着胆子把脚伸进银幕里，一阵冰冷的刺痛顿时传遍全身。必须挺住，她想。贾图半个身子已经进入了幕布，宛如置身冰冷的汪洋。很好，别打退堂鼓，就这样一鼓作气穿过它！她又往前迈了一步，瞬间被银幕完全吞噬了。这感觉确实像在冰水里泡澡不假，只是卡诺女士没有提到，冰水里仿佛有一万条看不见的食人鱼在游动，马上就要将贾图生吞活剥。她几乎要哭出来了，但就在可怕的疼痛开始前，这种感觉突然又消失得无影无踪了。

周围的一切开始逐渐浮现，等回过神时，贾图已经站在了公园旁，街对面正是那家宠物店。她仍和蒂恩牵着手，不过至少对方已经握得和她一样紧了。

贾图低头看了看她的另一只手，试着动了动手指，随后转过头来。回忆世界的空气浓郁又厚重，像海水般漫过口鼻。她的眼前一片模糊，仿佛一切都笼罩在迷雾之中，世界运转的速度也慢了下来。路灯暖黄色的光线在渐渐临近的黄昏中微不可见，街头行人既没有露出笑容，也没有开口说话。人们的脚步走得很慢，迟缓得像在月球漫步。

就连周围的气味也是如此不同寻常。贾图嗅到的既不是公园里青草的气息，也不是路过的摩托车的尾气味，而是一种甜甜的、刺鼻的气味，这让她想起了蒲公英根茎的汁液——贾图一直很喜欢这种味道。

这时站在她身边的年轻人挣脱了她的手，同样惊讶地看着自己的手指。贾图观察着他的一举一动，渐渐发现四周变得清晰了起来。先是蒂恩本人，然后是人行道、路灯和树枝，一切都变得无比澄澈，仿佛她拥有了一双完美的眼睛。与此同时，这双完美的眼睛捕捉到蒂恩目光一沉。她还来不及探究蒂恩目光中的深意，就被街对面的场景吸引了注意。宠物店的门开了，一对夫妻走了出来。他们身后跟着一个蹦蹦跳跳的小男孩，怀中还抱着一只毛茸茸的小狗。小男孩的父亲转过身，为他和小狗拍下了一张照片。那无疑就是五岁的蒂恩。就在贾图静静站好，想尽可能不引人注目的时候，她身边的蒂恩突然朝街对面的小蒂恩猛冲过去。

"你在干什么，蒂恩！"贾图惊呼一声。

十八岁的蒂恩没有回答，反而是五岁的蒂恩听到自己的名字后怔怔地抬起了头。当他看到一个脸上戴满了银钉的男生朝自己跑来时，瞬间僵住了身体。十八岁的蒂恩趁机一把从他手中夺过小狗，然后飞快地跑进了公园。

"蒂恩！"贾图声嘶力竭地叫着他的名字。

"嘿！你给我回来！"小蒂恩的父亲朝他的背影喊道。随后他侧了侧头，发现了对街的贾图："还有你，小鬼。"

贾图吃了一惊，后知后觉地意识到他是在和自己说话。

"你们认识？这是在搞什么，抢劫？"

他大步流星地朝贾图走来，小蒂恩仍然站在母亲身后，显然被这突如其来的一幕吓傻了。

"不是的，我……"贾图艰难地开口。她必须在事情变得更糟之前把十八岁的蒂恩找回来。

"站那儿别动！"蒂恩的父亲朝贾图吼道。

"真的非常抱歉！"贾图高声回答，"不过你放心，我一定会找到他的，我保证！"

她飞快转过身，头也不回地朝蒂恩消失的方向追去。

天啊！你怎么就把他的手撒开了呢！她在心里埋怨自己。这个混蛋！他竟然从小时候的自己手上偷小狗！谁会这么干？

"站住！别跑！"身后，蒂恩父亲愤怒的声音被甩得越来越远。天色已经暗了，她可以轻易地在这个熟悉的公园中把自己隐藏起来。然而她清楚，十八岁的蒂恩也能做到这一点。如果自己不能追到他，很快他就会带着那只小狗走出银幕……这个惹祸精到底去哪了？

这时她听到有声音从更远处传来，树林背后也亮起了灯光。地点的边界到底在哪儿呢？她悄悄朝灯光走去，来到一片相对开阔的草地。贾图对这片草地很熟，镇子里的活动总是会在这里举办。她抬起头，发现四周的树枝间挂满了灯笼，人们三五成群，穿着节日的盛装惬意地漫步，火盆里的炭火烧得正旺。难道蒂恩躲进人群里了？她像珊瑚礁中的鱼儿一样穿梭在灯笼间，鞋底贴着草地滑动，尽量不让自己发出任何声音。

"蒂恩！"贾图压低了嗓音。她不敢大喊大叫，要是父亲也在人群中那可就遭了，说不定他会认出她来的。然而没有人回应。周围的人们正放松地聊着天，孩子们在她身边追逐嬉戏。贾图觉得整个世界不再像刚才那样运转迟缓，仿佛她已经习惯了过去的节奏。

"来点音乐吧。"贾图听到有人提议。

贾图循声将目光投向了场地另一侧的一小群人。她听到了挪动琴凳的摩擦声，但人群把舞台团团围住，令她看不到台上的人是谁。

随着演奏者坐上琴凳，周围的人群不约而同地安静了下来。演奏开始了，当第二个音符流进耳中时，贾图便立即认出了这首曲子。

"爸爸？"她呢喃。

贾图小步走近人群，踮着脚试图看看那个被人群围住的人究竟是谁。然而她没能成功，还是什么也看不见，她太矮了。不过可以确信的是，那个弹琴的人不是父亲。因为她在观众中看到了他——那个年轻十三岁的父亲。贾图一瞬间如遭雷击，鸡皮疙瘩从脖子蔓延到脚趾。她将十八岁的蒂恩和小狗完全置之脑后了。

那个弹钢琴的人是谁，她已经猜到了。

公园里一片寂静，只有音乐还在树丛中流淌。贾图抛开所有思绪，屏息聆听。当最后一个音符消失后，四周掌声雷动。贾图看到父亲的脸上洋溢着自豪的笑容。

"好了好了，可千万别这么夸我！"舞台中央响起了一道声音。

是母亲！只一瞬，贾图就认出了这声音，尽管她从未真实地听过母亲对自己说话。然而当听到母亲声音的那一刻，她却觉得熟悉无比，仿佛这么多年母亲的声音一直陪伴在她左右。母亲的声音就像一个信号，让一切都变得清晰、轻松、温柔起来。尽管她说了些别的什么，但听到贾图耳中只汇成一句：一切都会好起来的。

直到现在，贾图才意识到自己眼前的场景正是她多年前在网上找到的那张照片，那张她一连盯着看了好几天的照片！而现在，这一幕正真实地在她眼前上演。公园里有派对，有人群，还有她自己：藏在人群中，眷恋地偷偷看着自己的母亲。随着人群移动，母亲的面容显露了出来，她的脸上挂着灿烂的笑容，与那张照片捕捉到的动人神情如出一辙。

就在此时，贾图身后蓦地亮起闪光灯的白光。她知道，那张照片就此定格。现在贾图已经完全明白过来，母亲看的根本不是镜头，而是女儿的眼睛。

鱼缸里的鱼

贾图夺路而逃。

她逃出了公园，跑过街道，跑进迷雾，最终跑出了银幕。

她一头栽进电影院里，又慌忙爬起身，差点撞到卡诺女士的下巴。

"贾图！"卡诺女士喊道，"蒂恩去哪儿了？"

蒂恩！贾图恍然回过神来。他没有回来吗？

"我……我不知道。"贾图紧张得直结巴。

就在这时，十八岁的蒂恩穿过银幕，跟跟跄跄地跌进影厅，怀里还抱着麦克斯。他摇晃着稳住身形，看到周围的环境后似乎突然间不知所措了。

"蒂恩！"卡诺女士惊呼一声，"不能这样！你不能把这个小家伙带过来！"

她的声音显然把蒂恩震慑住了，他立刻将麦克斯像烫手山芋一样丢给了卡诺女士。在有人接手那个毛茸茸的小家伙后，他似乎也松了一口气。卡诺女士什么也没说，只是立刻带着麦克斯跳进银幕，消失了踪影。

蒂恩挨着贾图在旁边席地而坐，有些不自在地用眼睛瞟着她。贾图也回头望向他，但实际上她眼前白茫茫一片，什么也看不清。她心跳得很快，几乎觉得自己快爆炸了。贾图不用照镜子也知道，此刻自己的瞳孔一定扩散得和虹膜一样大，因为原本黑暗的影厅在她眼中仿佛正沐浴在正午的阳光下。她还没来得及理清自己的思绪，脑海中所有的念头就已经烟消云散了。

过了一会儿，卡诺女士又从银幕中走了出来。她用余光瞥了贾图一眼，弯下腰，和蒂恩交谈了起来。然而此刻的贾图耳朵里正嗡嗡作响，什么都听不见了。

丢到井里去……她只剩这一个念头。科妮莉亚的声音在她脑海中不断回响。

过了好一会儿，贾图才意识到有人在跟她说话。一只熟悉的手贴上她的额头，终于让她渐渐平静了下来。神智开始回笼，卡诺女士正站在她面前，看起来忧心如焚。

"到底发生什么事了？"她问。

丢到井里去……科妮莉亚的声音又响起了。

"我看到我妈妈了。"贾图艰难地开口。

卡诺女士显然也吃了一惊。她的身体几乎僵住了，关切的目光中滑过一丝阴霾。

"你的妈妈……"

贾图点点头，面前的影厅又逐渐恢复了它应有的黑暗。

"我妈妈已经去世了。"她说，"但在蒂恩的电影里她还活着，还在我面前弹了钢琴。她在回忆世界里看到我了，跟那张照片上一模一样。"

"哪张照片？"

"我在网上搜到过一张照片，那是一张在公园里举办聚会的照片，上面有我妈妈。我刚才看到的就是这段回忆。"

"公园里的聚会……"卡诺女士哽住了。"天哪，"良久，她滞涩地开口，"也就是说，在刚才的电影里你妈妈也在场。"她的脸变得煞白。

"你还好吗？"贾图出声问道。

卡诺女士无力地笑了笑。"哦，贾图。"她捏了捏贾图的肩膀，尽力挤出一个笑，脸上缓缓恢复了血色，"这句话应该我先问你的。"

贾图耸了耸肩："你好像被吓坏了。"

"别担心我，你呢？你还好吗？"

她还好吗？已经没事了吗？

贾图自己也不知道。

她为什么要畏惧地逃开？为什么不去找母亲呢？那可是她的**母亲**呀！母亲看起来那么慈爱温柔，声音也那样动听。为什么自己要这么害怕呢？她明明对其他所有事都那么勇敢，怎么偏偏这时候缩成一团了？或许蒂恩是个惹祸精，但至少他不是个没良心的，虽然小狗和母亲的意义可能不完全一样。

"蒂恩到底去哪儿了？"她问。

卡诺女士叹了口气："他已经走了。"

"那麦克斯呢？"

"我把它带回去了，"卡诺女士回答，"他们一家肯定觉得奇怪，不过也只能如此了。蒂恩差点就抹去了自己和麦克斯十三年的宝贵记忆。"

"抱歉，我把一切都弄糟了。"贾图低下头。

"千万别这么说！这是我的错。我早该知道你妈妈的事的。"

"你真的不知道我妈妈的事吗？"

卡诺女士耸了耸肩膀，不作声了。

"卡诺女士！"贾图锲而不舍，"你认识我妈妈的，对吗？"

卡诺女士缓缓地摇了摇头。

"不，贾图。如果我真的认识她就好了，对此我感到很抱歉。"

"你为什么想认识我妈妈？"

"因为我看出你满脑子想的都是她，我真希望自己能回答你的问题。"

卡诺女士转过身，盯着银幕看了一会儿。

"唉，你的妈妈，"她沉吟着道，"所以……刚才到底出什么事了？"

贾图意识到自己的脸上浮现出一丝笑意。"可怕极了，"她回答，"不过现在回想起来也挺棒的。"

贾图回家的时候屋子里一片漆黑。幸运的是，科妮莉亚已经不见了踪影，父亲似乎也睡下了。她的视线从走廊穿过客厅，投向摆在房间中央那架钢琴。她缓缓走进黑暗，在琴凳上坐下，翻开琴盖，把手搭在琴键上。贾图静静地垂着头，凝视着琴漆上的灰色斑点。

贾图想起了父亲，回忆世界中那个年轻的父亲。在蒂恩的电影中，他看起来与现在是如此不同。当然，那时的他比现在更加年轻且具有活力，但更重要的是，他站在公园里攒动的人群中，眼眸中闪动着熠熠光彩。

她又回忆起几周前偶然看到父亲弹钢琴时的样子。现在她终于明白，父亲当时肯定在思念母亲。他唯一弹奏的那首曲子就是最好的证明：那是母亲弹过的曲子。

贾图抚摸着琴键，开始演奏这首乐曲，但很快她又停了下来。

母亲看到了**她**。

这有什么可怕的呢？她对自己生出一股无名的恼恨。

贾图站起身，穿过黑暗的大厅，走进同样黑漆漆的厨房，拉开了冰箱门。门内的光瞬间打在她脸上。贾图例行公事地拿起自己需要的东西，没有急着关门，而是借着里头的光线，用蛋黄酱、奶酪碎和果酱做了一个三明治。随后她又给自己倒了杯牛奶，把门带上，决定回到房间安静地享用晚餐。

苏乞儿一如既往地咕哝着欢迎主人回家，贾图也朝它点头致意。她关上灯，把羽绒被扔到横梁上，端着盘子和玻璃杯坐到窗前，把双脚伸出窗外。她眺望着远方，闷声把晚饭吃了个干净。十字园蛛仍然趴在窗框上，它对贾图生活的世界一无所知，只知道一动不动地坐在自己织就的网上。它什么也不用做、什么也不用想，就能一直存在。除了等待苍蝇自己撞上来之外，它的生活中再也没有其他烦心事。贾图也试着清空脑海中的杂念，让有关母亲的一切留在那块银幕后，让自己暂时像十字园蛛一样单纯地活着，其他什么也不做。她就这样坐了一个多小时，在不知不觉间陷入了沉沉梦境。

第二天放学后贾图没有去电影院，而是骑车去了那片"不存在的草坪"。她把自行车放倒，在草坪上趴下来，将寻常的世界隔绝在外。她拄着胳膊，举起相机，随心所欲地拍摄从身边走过的人们。行色匆匆的路人在镜头中仿佛鱼缸里的鱼儿。鱼儿们自顾自地游动，以为周围的世界就是一切，殊不知有人正透过玻璃观察它们的一举一动。

这时，贾图的面前经过一个遛狗的老妇人。老妇人在两幢房子之间停下来，转身向贾图摆了摆手，朝她走来。

这感觉就好像有一条鱼突然转过身，隔着玻璃缸壁对贾图眨了眨眼睛。

贾图惊呆了，放下相机，下意识地也挥了挥手。她认出了这位老妇人，那个给第一次去电影院的自己指路的人。如果不是她，贾图肯定没法找到巷子里的那条密道。

老妇人被小狗拉扯着，蹒跚地走进草坪。

"别闹了，亨利。"她的声音低沉沙哑。

然而亨利已经来到了贾图面前，对着她的脸不停地嗅啊嗅，亲热地舔了又舔。

"它很喜欢你。"老妇人来到了贾图面前，"我能在这坐一会儿吗？"

"当然了。"贾图对自己这片"不存在的草坪"上出现了其他人感到困惑不已，但她还是下意识地点了点头。

老妇人似乎知道贾图在想什么，缓缓开口："我的眼睛是不中用了，但我可不是瞎子。我一直都知道有这片草坪，几十年过去了，我从没在这里见过任何人，除了你。"

"我们之前见过……"贾图说。

"我记得，孩子。当时你想进影院去，但是正门上锁了。现在你知道**自己**想看什么电影了吗？"

贾图没有回答。

她当然知道自己想看什么，但她**情愿**自己不知道。

老妇人握住了她的手，温柔地捏了捏。"看那儿。"她指着白杨树上方湛蓝的天空，轻声开口。

在头顶上方，天空的极尽处，一架飞机在阳光下闪烁着光芒。

"我这双眼睛几乎看不到东西了，但我和你说过，我可不是个瞎子。看那架飞机，你能想象坐在飞机里的人们现在正凝视着窗外吗？或许在我们意识不到的时候，在我们脚下这块小小的土地上，我们也成了鱼缸里的鱼。"

难以捉摸的思绪像滔天巨浪般向贾图袭来，她用尽力气想让自己镇静下来，却还是被浪涛击倒了。

"你是怎么知道鱼的？"贾图的声音忍不住颤抖，"你到底是谁？"

老妇人微微一笑："我就是个好奇心很强的老太太，是吧？你看看我，其实也不过如此。"

世上所有的灵魂

　　贾图已经很难在学校保持正常的学习状态了。此刻，她的目光游离在窗外，思绪越过树林飘向云端。有时她的耳朵会捕捉到罗弗老师的只言片语。比如，当听到"骨折"时，她就会想象地面上出现一条巨大的裂缝，把教室劈成两半，四分之一的同学哭喊着落进了裂缝里，罗弗老师则跳到桌子上惊声尖叫。最终这条裂缝把地球劈成了两半，每一半各自在宇宙中漂流。从此，两半地球上的人类分别拥有了自己的历史，随着时间的推移，进化成完全不同的生物。再后来，两个半球上的生物都忘记了地球曾经发生过分裂。又过了很久，久到他们变得足够先进，能够建造出飞船时，他们会在宇宙的另一端欣喜地发现原来自己生活的星球还有另一半，他们在宇宙中并不孤独。

"贾图！"贾图的思绪刚飞到这里，就被罗弗老师愠怒的喊声拽回了现实世界。

自从卡诺女士的影院闯入贾图的生活后，贾图总会不自觉地陷入幻想，幻想的内容甚至脱离了整个宇宙。这种情况在她第一次穿越时空后越发严重。母亲的身影总会若有若无地在人群中浮现，与她四目相对。这一幕像电影般在她脑海中不断滚动播放，偏偏她怎么也看不够。在想象中，母亲一步步朝自己走近，忽然间又变得模糊不清。她第一次知道原来自己的母亲是那样亲切、明媚、充满活力。每当想起她，贾图都会产生一种欲罢不能的迷恋——这是没有在任何地方上映过的，专属于她的电影。虽然她也只能作为一个旁观者，在远处偷偷看一眼，不过她已经足够满足了。

罗弗老师的呼喊让她猛然从思绪中惊醒。有那么一瞬间，她以为所有人都在嘲笑她的胡思乱想，但片刻后她意识到根本没有人注意到自己。大家的注意力都集中在罗弗老师身上，而老师正手足无措地在讲台上环顾四周，随后焦急地弯下身去翻找书包。

"有谁看到弗莱普了吗？"他问。

回应他的只是一片寂静。

贾图看向罗弗老师的讲台，上面空空的，原本他每天都会在那里放一只小泰迪熊，它的名字叫弗莱普。

"真没人看到吗？"

同学们开始交头接耳，似乎大家都对弗莱普的失踪摸不着头脑。贾图侧了侧头，余光瞥见罗尼的表情和动作都很不自然。显而易见，这件事肯定和他有关。但贾图还是识相地闭紧了嘴巴，什么都没说。

罗弗老师无助地看向大家。

这时贾图跳了起来，指着罗尼的鼻子，大声斥责他——这场景在贾图脑海中上演。可在现实世界中，她却像瘫痪了一样，被无形的力量钉在椅子上一动也不敢动。

其实她并不确定这是罗尼干的坏事，贾图试图说服自己，不能因为他平时总爱捣蛋而无端地怀疑他。再说了，罗弗老师自己就不能解决吗？他为什么就不能板着脸教训他一次？她干吗要为了罗弗老师引起罗尼的注意？

罗弗老师发出了一声重重的叹息。他走出了教室，没有再对同学们说一句话。

罗弗老师刚走不久，罗尼就把弗莱普丢到了桌面上。就在这时，教室门被砰的一声打开了，斯蒂特校长大步走了进来。弗莱普被罗尼手疾眼快地重新藏在了书桌里。

斯蒂特校长背着手，缓慢地环视四周。在他锐利的目光下，学生们连大气都不敢喘。

"罗弗老师说他突然身体不舒服。"斯蒂特校长哼了一声，"他说要回家休养一段时间。总之，从今天开始我来带你们班。"

贾图从斯蒂特校长的声音中听出，他对罗弗老师突然抱病的行为很不满，这让贾图备感难熬。

当晚，贾图坐在房梁上，狼吞虎咽地吃着科妮莉亚留在冰箱里的晚餐。她几乎忘了自己手中的食物是那个她讨厌的巫婆做的了。其实她很想有点骨气，但死于饥饿显然不是什么明智之举。比起科妮莉亚做的菜，父亲买的那些恶心的速冻菜更让她难以下咽。实话实说，科妮莉亚的手艺真挺不错的。当然，她永远也不会向科妮莉亚承认这一点。

父亲正坐在一楼看电视。在上楼前，贾图站在他旁边观察了很久。棕色的皮沙发上搭着一块灰色的防尘布，父亲沉默地坐在上头，一动不动。

贾图多么想跑到父亲身边，拔掉电视机的插头，一把抱住他。但她又担心这样的拥抱会让他像易碎的冰雕一样碎成无数块。她还想狠狠地晃一晃他的肩膀，让他意识到女儿还在自己身边。

"懒鬼。"可最终她只是挫败地垂下了头，嘟囔着端起晚饭回到了自己的房间。

"你就和你的电视一起过去吧。"贾图一边嚼，一边愤愤地朝楼下的方向抱怨。

夜风微凉，贾图上涌的血气渐渐冷却下来。其实贾图心里明白，她真正埋怨的人从始至终都不是父亲。她想起白天没能指责罗尼的自己，刚才没能拔掉电视插头的自己，以及在回忆电影中没能鼓起勇气去找母亲的自己。

想到这里，贾图嗖的一声把盘子丢在桌上，像下定了什么决心似的从横梁上一跃而下。她小跑着下楼，披上外套，快步走出家门，跨上自行车，动作一气呵成。她用力蹬着踏板，听着风在耳畔呼呼作响，她的身影很快消失在夜色中。贾图要去一个连自己都难以置信的地方——罗尼家。

可当她停在罗尼家门前，喘着粗气按响门铃的时候，开门的却是一位和蔼可亲的女士。

"你好啊，"面前的阿姨温柔地笑了，"你是贾图，对吧？"

"对……我是……"

得到肯定的回复后，对方的脸上浮现出了一种难以言喻的奇怪神情。贾图起初并不理解其中的含义，片刻后才后知后觉地意识到她看自己的眼神中充满怜悯。这让她感到猝不及防。

"这是罗尼家吗？"她问。

"是啊，孩子，"那位阿姨的声音和她看起来一样温柔，"真好，我之前都不知道你们是好朋友。"

"对，对……"善意的误解让贾图感到窒息，她艰难地从喉咙里挤出两个音节。

"我这就叫他下来。罗尼！有人找！"

远处的房间里传来罗尼的声音。

"他马上就来。你想进来坐坐吗？"

贾图连忙把头摇成拨浪鼓："不不不，不用了，谢谢。"

于是那位阿姨转身进了屋，不一会儿，罗尼的身影出现在门口。

"贾图？"他先是震惊了一瞬，随即眼睛狐疑地乱转了起来，神色中闪过一丝不易察觉的惊恐。这让贾图大松了口气。她知道自己捏住了罗尼的小辫子，绝对不能浪费这个千载难逢的良机，虽然她也不清楚自己下一步的计划是什么。她只是一时热血上头地冲来罗尼家，其他还什么都没想过。

"我是来取弗莱普的。"贾图胡乱地开口。

听到这话，罗尼脸上露出了不怀好意的笑。

走一步看一步吧，贾图绝望地想。

"你说什么？"

"我说，我要把弗莱普带走。"

"是吗！你要那玩意儿干什么？"

"我要把它还给罗弗老师。"

罗尼转过身，在衣架上摸索了一会儿，最后从书包里把弗莱普翻了出来，举到贾图面前，几乎要撞上她的鼻子。

"原来如此啊，"罗尼的声音里憋着坏，"你想把它还给罗弗老师？行啊！当然行！我现在就把它给你。你能替我跟罗弗老师问个好吗？顺便告诉他，我正躲在被窝里惭愧得呜呜直哭呢。"

贾图当然知道罗尼只是在耍她，但她还是忍不住伸手抓向弗莱普。然而罗尼比她更快一步，他迅速收回手，把弗莱普藏在身后，咧开嘴怪笑了几声。

"但是我不同意你又能怎么样呢？你这个怪胎。"罗尼又得意扬扬了起来，对贾图的那点恐惧显然已经荡然无存。

贾图被罗尼耍得团团转，她怒火中烧，却敢怒不敢言，只能羞愤地闭上了眼睛，像白天在教室里一样动弹不得。该死，她想，我可真是自取其辱！现在这样算什么!

"你要傻站一晚上吗?"罗尼讥讽地问。

贾图摇了摇头,感到自己的灵魂已经抽离了身体。她快被自己蠢哭了,现在只想找个地缝钻进去,恨不得化成罗尼家门口的一摊水。

"我以前只觉得你是个怪胎,现在才发现你是个懦夫,"罗尼冷笑着挑了挑眉毛,"肯定是跟你爸学的吧。"

"我爸爸……"

"我妈说他老是一个人在镇上走来走去,跟个鬼魂似的,真是个可怜虫。"

罗尼越说越过分,他高高在上地在贾图面前踱步。他太得意了,丝毫没有注意到贾图眼中尽是羞恼,一双气得血红的眸子死死地盯着他,恨不得把他生吞活剥。蓦地,贾图学着李小龙的动作迅速出手,趁罗尼不备一把抢过弗莱普,手臂上的肌肉甚至因为用力过猛而微微颤抖。

罗尼被贾图吓得尖叫一声,仓皇地后退几步,茫然地看了看自己的手,又困惑地望向贾图。

贾图只是冷眼看着他。她的声音很平静,内心却有一团烈火在熊熊燃烧:"下次再敢说我爸爸,我不会轻易放过你,听懂了吗?"

罗尼点了点头,仍旧呆呆地、疑惑地看着她。贾图没有再理会罗尼，转身走出前院，骑上自行车，宣泄一般将踏板踩得飞快，仿佛这样就能熄灭她身体里的火焰。

她的父亲是个可怜虫！

他们都是这么想的？

现在就连罗尼也知道了。

她看向怀里的弗莱普。

"罗尼都已经知道了，弗莱普！"贾图自言自语，"但是现在回到你主人身边去吧。今晚让世上所有的可怜虫都各安天命吧。"

贾图渐渐冷静下来，才意识到不知什么时候起了风。凉意拂过皮肤，掀起发丝，她整个人仿佛将逸散在风里。此刻她正像一台沸腾的蒸汽机在街道上漫无目的地狂奔，于是她迎着风张开双臂，发出一声响彻黑夜的呐喊，幻想自己真的能飞起来。

肥仔

当晚，贾图难得地睡了个酣畅淋漓的好觉，第二天清早醒来时精神抖擞。当她兴高采烈地对父亲说早安时，她看到父亲勉强挤出了一个微笑，但她毫不在意！就连科妮莉亚拿着清洁用具走进大门时那令人恼火的讥笑也变得不那么重要了。她看着外面晴朗的天空，心情大好。今天是星期六，她还有很多想做的事。

这时，科妮莉亚走进厨房，拿出一个信封递到贾图鼻子下面。

"门垫上有一封信。"科妮莉亚开口。

贾图吸了吸鼻子，科妮莉亚身上熟悉的香水味立刻钻进鼻孔。这让她想起了在电影院厨房里闻到的味道。现在贾图确信无疑，这就是同一种香水。这会是一个单纯的巧合吗？除了科妮莉亚之外还会有人用这么难闻的香水吗？但如果那个人不是科妮莉亚，又会是谁呢？

"是给你的，贾图。"科妮莉亚的声音再次响起，并在贾图面前甩了甩信封。

于是贾图暂时放下了思绪，低头接过那封信。

信封上用潦草的笔迹写着三个字：致贾图。

她展开信封，里面掉出一张小纸条：

今天有一位特殊的客人，我希望你能陪她一起！
时间是上午 11 点整！

卡诺

贾图脑子里的天平立刻开始剧烈地摇晃起来。她想起了上次自己陪伴蒂恩时是多么失败。还有舞台上的母亲！要是类似的事情又一次发生了怎么办？要是她再被吓得跟小鸡似的，没头没脑地拔腿就跑，把一切都搞砸了怎么办？

可是她又想起了昨天晚上，自己像个真正的功夫大师一样掐着罗尼的脖子，把他治得服服帖帖。想到那个恶霸惊惧的眼神，贾图又燃起了信心。

有什么可怕的，她给自己打气。

她不会再逃避，更不会退缩。

于是十点四十五分，贾图还是骑车来到了电影院。把车停到一个妥善的位置后，贾图机械地给卡诺女士拍了一张影院的照片。她低头看了看相机，觉得自己拍得不够好，于是又拍了一张。她就这样站在影院对面拍了删、删了拍，折腾了好一会儿后才意识到自己只是在拖延时间。

来吧，别当胆小鬼。贾图鼓足了勇气，深吸一口气，迈进了电影院。

卡诺女士正站在吧台后面，已经等待她多时了。可她的神色看起来比贾图还要凝重。

"贾图，你能来真好。"卡诺女士朝贾图打了个招呼，"特殊访客已经来了。"

"是吗？"贾图惊讶，"她人在哪儿呢？"

"她就站在你面前。"卡诺女士回答。

贾图顿时目瞪口呆。

"你是说……你？！"贾图情不自禁地叫了出来。

"这里还有其他人吗？"

"没有……不是……你？"

"怎么了？我也是个人啊，我也拥有属于我的记忆。

每个人都有过去。所以这一次，我就是那个时空旅行者，不过我有一个特殊的任务，需要不受打扰才能完成。我需要你在我忙着的时候帮我照顾一个人。"

"照顾一个人？你是说带孩子吗？"

卡诺女士微微一笑："也可以这么说吧。他叫肥仔，是个小男孩，我忙的时候得麻烦你帮我看着他。"

"可是……为什么？"

"我再解释一下，你只是需要和他在一起待一会儿，看住他，别让他离开你的视线。"

"这时候你要去干什么？"

"我要去完成我的任务，到时候你自然会知道的。你愿意帮我这个忙吗？"

贾图根本不需要考虑这个问题——她当然会一起去。至少此行会让她解开一些卡诺女士身上的谜团。她终于可以多了解卡诺女士一点了。

"当然，我愿意！我们这次要去哪？"

"你马上就知道了。到影厅等我，我去去就来。"

说着，卡诺女士走上楼梯，直奔放映室。贾图走进影厅，满怀期待地盯着白色的银幕。下个瞬间，卡诺女士记忆中的画面被投射在了银幕上：一幢带大花园的老房子坐落在草地环绕的村庄中。

这是卡诺女士童年的记忆吗？还是说这就是她经常去的那个遥远的地方？难道她的另一家影院就在这里？

贾图专心致志地思索，没有注意到卡诺女士已经走进了影厅："准备好了吗，贾图？"

"好是好了，不过……"

"不过什么？"卡诺女士牵起她的手，开始往银幕里走。

"所以我就只需要看住那个男孩？"

"没错。"

"他叫肥仔？"

"正是。"

"然后这段时间，你……要去干自己的事？"

"完全正确，看来你已经进入角色了嘛。"

卡诺女士回过头，朝贾图露出一个宽慰的笑："别忘了你的眼镜。"

贾图摘下眼镜，把它扔到影厅的地毯上。

"唔。"卡诺女士耸了耸肩，"准备好洗冷水澡了吗？"

说着，她踏进了银幕中。贾图迈开步子，坚定地跟在她身后。

下一秒她们就站在了照片里的老房子前，周围是草地环绕的小小的村落。屋前的花园里站着个小男孩，看起来和贾图差不多大。

一进入回忆世界，贾图就又闻到了蒲公英根茎汁液的气息。上次她在蒂恩的回忆世界中也闻到过这种味道。她的视线模糊了一瞬，片刻后周围的一切又变得清晰起来。周围的一切似乎又慢了下来，但几秒钟后，一切又恢复了正常的节奏。贾图觉得她已经越来越擅长时间旅行了。

"让我看看咱们能待多长时间。"卡诺女士说。

贾图举起了手表。

"现在是十一点一刻……好吧，十二点四十五的时候我会回来接你。这段记忆的范围相当广，一直延伸到草地的边缘。你可得跟紧他点儿，以免他不小心走到白雾里去。"

贾图点点头，困惑又好奇地瞥了男孩一眼。

"去吧。"卡诺女士鼓励地拍了拍贾图肩膀，从身后推了她一把。"待会儿见！"说完这句话她就快步离开了，留下贾图一个人懵懂地站在花园前。

此刻花园里的男孩也注意到了贾图，并朝她走来。男孩长着一张圆鼓鼓的脸，上面嵌着一双同样圆圆的、充满好奇的眼睛。他整个人胖乎乎的，人如其名。

"你跟那个怪人是一起的吗？"他问。

"你是说卡诺女士？"

"她叫这个名字？"

"可能是吧，反正她是这么介绍自己的，我也不确定这是不是她的真名。你不认识她吗？"

"只是见过几次面而已。她以前常常到这里来，一开始是为了看着我，后来又问了我各种各样的问题。她好像很想了解我！嘿，你带相机了吗？"

贾图点点头。

"那你平时都拍些什么？"

"啊，就……随便拍拍。都是些无关紧要的东西。"

"很酷嘛。"

"你觉得拍无关紧要的东西很酷？"

"当然了。"

"好吧……"

"为什么你的两只袜子颜色不一样？"

"就……因为每个人都穿配成对的袜子，但我觉得完全没必要。"

"有意思！那从现在起我就叫你袜子小姐啦！"

"袜子小姐？"

"对，袜子小姐！"

他朝贾图伸出手。

"你好，袜子小姐，大家都叫我肥仔。"他指了指自己圆溜溜的肚皮，"你也叫我肥仔就好。"

"别人都叫你肥仔？你不讨厌这个外号吗？"

"难道我看起来不胖吗？我很高兴能长这么胖，要是不久之后僵尸占领地球，超市的东西被别人抢购一空，我就能靠这些储备多活一阵了。"他像捏游泳圈一样捏了捏肚皮上的脂肪。

"好吧……那你多吃点儿。"贾图沉思了一会儿，觉得这是一个非常棒的生存计划，并暗自决定自己回去后也要努力吃胖一点。毕竟她永远都不知道世界什么时候会突然毁灭。

"你知道吗？"肥仔接着说，"我也有一部相机，它还有摄像功能呢！让我来给你看看我都录了些什么。"

"好啊。"贾图兴致勃勃。

"跟我来。"

他走出大门，来到街上。

"你把相机带出来了吗？"贾图用下巴朝肥仔家示意了一下。

"哎呀，它不在家里，你就跟我来吧袜子小姐。别跟卡诺女士一样净问些无聊的问题。"

贾图歪着头重新打量了面前的男孩一眼。又是一个怪人，她想。虽然她不知道为什么卡诺女士让自己盯着他，不过和他相处还是挺有意思的。至少从现在来看，这个小胖墩还不打算搞出什么麻烦事。事实上，卡诺女士似乎对他根本没什么兴趣。

"你到底来不来，袜子小姐？"

听到肥仔的催促，贾图这才小跑了几步跟上去。他们奔跑着从条条街巷中穿过，来到村边的一大片荒地。肥仔跳过一条水沟，小心翼翼地把栅栏上的铁丝网拉到一边。随后他费力地把身体挤进铁丝网的缝隙，朝荒地中走去。贾图想着卡诺女士的嘱托，始终紧跟在他身后。

"你的相机**就在这里**？"

"还要再往前一点，不过就快到了。"他越过一个小土包，又往前跑了一段，最后跪了下来。"看！"他得意地回头，将一部老式相机高高举起。

"你把它放这里干什么？"贾图追了上来。

"摄影啊！拍到电池没电它就会自动关机了。"

贾图环视着荒芜的平原："不过在这里能拍什么？"

"我正要给你看呢。快过来，袜子小姐！"

说着，他转身朝荒地外跑了起来。贾图在跟上他的同时抬头看了看天空。她还没有见过这个回忆世界的时间

113

裂缝长什么样子，不过她相信自己一定能认得出来。至少现在头顶上的天空还是湛蓝湛蓝的，这说明他们暂时还很安全。她又低头看了看手表，发现他们还有一个多小时的时间。

"快来啊，袜子小姐。"不远处传来肥仔的呼唤，"还是说我应该叫你蜗牛小姐？"

"我来了！"贾图加快了脚步，跟着肥仔一路跑回村里，回到那幢带花园的房子前。

"进来吧。屋里就是有点乱，我妈妈总是把家里弄得乱糟糟的。"

"那你爸爸呢？"

"他啊，他可是个懒蛋。"

贾图跟着肥仔进了家门。他们穿过铺着棕色壁纸、棕色镶板和棕色地毯的大客厅，来到同样满是棕色的卧室：棕色窗帘、棕色墙壁和家具、棕色的台灯，甚至连植物都是棕色的。贾图注意到，除了蒲公英根茎的气味，她还能闻到别的气味了，或许她的鼻子现在已经习惯了穿越时空。房间里散发着一股霉味，但是并不难闻，那是一种充满回忆的，属于过去的气息。这种气味和蒲公英根茎的气息完美地融为了一体。

卧室中间摆着唯二不是棕色的东西：一张红色的地

毯和一台黑色的老式电视机。

"你爸爸妈妈都去哪儿啦？"

"他们都不在家。"

"好吧。"

肥仔在电视机后面摆弄了几下电线，把相机插了上去。随后他打开了电视机开关。屏幕闪烁了两下，出现了那片他们刚才一起走过的荒地。由于相机是摆在地上的，因此只能拍到一些泥土和几丛杂草，透过杂草的缝隙还能隐约看到远处昏暗的天空。

肥仔在电视前的地板上坐下来，贾图也效仿他的方式坐在他身边。

"这段视频有一个小时。"肥仔开口，亮晶晶的眼睛专心盯着屏幕。

"这段时间发生什么事了吗？"

"我希望什么也没发生。"

"唔……"

两个人都沉默了下来，安静地看着屏幕。

"要是这段时间真的发生了点儿什么呢？"贾图又一次开口，"要是在这一个小时内有人经过的话不是很酷吗？"

"哎呀，没有，真的没有。你看，"肥仔转向贾图，

"相机上有个计时器。我是从昨天晚上八点开始拍的，把相机放下我就离开了，当时也没有其他人在场。所以八点到九点那段时间不可能录到人，除非后来突然又有人走过。如果不是我把相机放在那儿的话，就没有人能证明在这段时间里这片荒地是真实存在的了。"肥仔兴奋地指了指屏幕："但它确实是存在的。没有人知道，只有我能证明！这是一个只属于我的秘密基地。"他的眼中闪烁着兴奋的光芒。

这副神情让贾图想起了自己拍的照片——那些在"不存在的草坪"上拍到的照片。

"这真是太酷了。"她由衷地赞叹，举起自己的相机，给电视屏幕拍了一张照片，"你是我见过最酷的人，肥仔。"

"谢谢夸奖。"肥仔咧嘴一笑，"你也是个很酷的人，袜子小姐，就凭你一次都没有嘲笑过我。"

"别人都嘲笑你吗？"

"哦，没错，不过不是当着我的面。那样我会一拳把他们揍扁。"

贾图咧嘴一笑。她想起了罗尼，想起了自己像个真正的功夫大师一样把他吓得瑟瑟发抖。

"建议你付诸行动，"她说，"让欺负你的人好看。"

这一瞬间，贾图觉得自己和肥仔之间产生了一种紧密的联系。从今往后，她再也不会被人欺负，贾图暗暗下定决心。

"还有那位卡诺女士，"肥仔撇了撇嘴，"她是你妈妈吗？"

"不不不！当然不是！"贾图差点跳起来。

"她还好吗？"

贾图思考着这个问题。她对卡诺女士的了解仍然和几周前第一次见她的时候一样少。那一天她第一次来到电影院，受雇于一份根本不存在的工作。她对卡诺女士一无所知，只知道她是个非常神秘的人。

"其实我也不知道。"贾图叹了口气。

"她现在干什么去了？"

"还是不知道。她有自己的事要做，也有可能去调查什么东西了。"

贾图要是知道就好了。她现在有点后悔刚才没有去跟踪她。

她很清楚自己在肥仔身上不会得到什么有用的信息。相反，她和肥仔似乎偏离了主线任务，她还是不明白自己看着肥仔的必要是什么。卡诺女士到底在做什么呢？

贾图盯着肥仔看了一会儿，开始思考要是她告诉肥仔自己是未来世界的人，肥仔会作何反应。正这么想着，她已经忍不住脱口而出："实际上卡诺女士和我都来自未来。我是陪她到她的回忆世界里旅行的。"

肥仔认真地看着贾图的眼睛，郑重地点了点头。

"太刺激了，"他看上去并不惊讶，"我早就注意到你戴了一块时髦的手表，现在我终于知道为什么了，它也是来自未来的。"

"你说的对……"她试着代入肥仔的视角看了一眼手表，微微一笑，"它很大吧？"

"未来的手表都这么大吗？"

"我也不太清楚，可能都差不多这么大。"

"真酷，它上面还有个小电视？"

"不是电视，只是一块液晶屏幕。"

"你能对它说话吗？"

"不能，没有这种功能。"

"那它能做什么？"

"就……显示时间。"

"嗯……"

"好吧，我只是因为它好看才买的。"

"我也觉得挺好看的，"肥仔赞同地点点头，"你刚才说你是穿越到卡诺女士的回忆世界里的。"

"是这样。"贾图回答。

"所以这是卡诺女士的回忆世界？"

"我想是的。"她抿了抿嘴。

"为什么我会在她的回忆世界里？"

"那我就不知道了。"

"不过她现在回来要干什么？这不是她自己的回忆吗？这些回忆应该已经在她脑子里了才对。"

"我也毫无头绪，我之前还以为从你身上能得到什么线索。我以为你至少会认识她，毕竟你出现在了她的回忆世界中。"

"很遗憾我帮不到你。我不认识什么卡诺女士，我只在家门口见过她几次。"

"我唯一能确定的是，卡诺女士是个怪人，"贾图说，"我也不知道为什么我一定要陪她来这里，她只是说让我在她忙的时候看住你。"

"看住我？"

"没错，"贾图点点头，"像带孩子那样。"

"噗——我可比你成熟多了，袜子小姐。我已经可以不扶车把站着骑自行车了。"

"这就能证明你比我成熟？我还能不扶车把站着骑独轮车呢！我两年前就会了！"

"但我知道被僵尸包围时该怎么做。"

贾图得意地哼了一声："这谁不知道啊，只要抡起喷火器或电锯疯狂转圈就行了，不过事先得把脸和手遮起来，这样就不会被飞来的僵尸咬到了。"

"这可真是个好主意！"肥仔惊讶地瞪大了眼睛。

"你是说灭火器吗？"

"不！我是说飞起来的僵尸！我以前从来没想过这一层。不过我是说真的，你真没有必要像带孩子一样看着我。"

"这是卡诺女士特意嘱咐我的，可能她担心你会跟着她。"

"既然这样，她下次再来的时候我一定寸步不离地跟着她！"肥仔愤愤握拳。"要是你想阻止我，"他又捏了捏肚子上的赘肉，"我就会一拳把你打倒。"

"哈，你不会以为自己是我的对手吧？"贾图不屑地冷哼，"我一个能顶你两个，蒙上眼睛我也不怕你。"

"好啦。"肥仔拍拍手站起身。

"什么好了？"

"我们去花园里摔跤吧。我让让你，我也会把眼睛蒙上，你只需要对付我一个。"

"好啊，那就如你所愿。"

"先等一下，"肥仔转身走进厨房，拿出了两条茶巾，"好了，跟我来吧。"他走到花园里，把其中一块茶巾递给贾图，眼中逐渐浮现出认真的神色。"你自己绑好，袜子小姐，"肥仔挑了挑眉，"可别作弊，这样有违骑士精神！"

"原来你是个骑士？"

"当然，我可是个堂堂正正的骑士。"

"那好吧，你可别耍赖啊。"

肥仔口口声声说的骑士荣誉已经是几百年前的事了，但贾图毫不介意，咧着嘴看着他把茶巾在眼前扎紧。

贾图自己则把它松松垮垮地戴在头上，这样挑眉的时候她多少能通过缝隙看到一点。

"好了吗？"肥仔迫不及待地问。他半蹲着张开手臂，在空气中胡乱挥舞。

"好了。"贾图出声。

肥仔立即冲她声音的方位发动了攻击，而贾图也迅速做出反应，战术性地后撤几步，退到了一边。肥仔扑了个空，差点被自己绊倒，但他很快就稳住了身体。

"在这里，来抓我啊！"贾图绕到他身后故意挑衅。肥仔猛地一个转身，像一头迅捷的豹子朝贾图飞扑而去。这一次贾图又故技重施，闪身躲开肥仔的进攻，趁他毫无防备时一把就从背后抱住了他，只一拳就把他打倒在地。趁着肥仔没爬起来，贾图翻身骑在他肚皮上，双腿把他紧紧夹住。她想象自己变成了一条蟒蛇，正在绞杀濒死的猎物。

肥仔倒在地上拼命地挣扎扭动，但始终也摆脱不了贾图的钳制。

"你认输了吗？"贾图居高临下地问。

肥仔嘶吼着，做了最后一次反抗，但他已经筋疲力尽，只能徒劳地点点头。

"你是怎么做到的？"他躺在地上气喘吁吁。

"不过是聪明罢了，"贾图哼了一声，"就凭你那套荣誉准则，在《僵尸启示录》里都活不了一天。"

"看来你们两个玩得不错嘛。"

卡诺女士的声音骤然响起。此刻她正站在院门口瞧着他们。

贾图松开了肥仔，两人都慌忙站了起来。她低头看了看手表，发现约定的时间已经到了，一个半小时过得飞快。

"过来吧，孩子，"卡诺女士和善地笑了，"我们要回去了。不过我的事情还没有办完，所以下次你们还有机会在一起摔跤。"

肥仔和贾图沉默地看了看卡诺女士，又沉默地对视了一眼。他们两个都还没从疲惫的恶战中回过神，这让贾图心里升起一股难过的情绪。

　　"别忘了你的相机。"肥仔钻进房间里取出了贾图的相机。贾图点了点头，把相机接过来。

　　"好了，该说再见了。"她勉强开口。

　　"是啊，下次见。"肥仔回应道。

　　贾图转过身，跟在卡诺女士身后离开了花园。走到街角的时候，贾图忍不住回头望去，一眼就看到肥仔仍站在花园中目送自己。他看到贾图回头，于是扬起手朝贾图挥了挥。不过很快他的身影就消失在了贾图的视线中。四周升起了白雾，又一次将贾图和卡诺女士笼罩了起来。

　　"这回怎么样？"回到影厅后，卡诺女士问道。

　　"挺有意思的，"贾图扁了扁嘴，"就是他摔跤的技术差了点。你那边怎么样？"

　　"一切顺利。"

　　"所以你到底去干了什么？"

　　"我以后会告诉你的。"

　　"但不是现在？"

　　"但不是现在，还有，"她低头看了看表，"又到我该回家的时候了。"

"来回很辛苦吧。"贾图抬头注视着卡诺女士的眼睛，而对方报以微笑回应。

"是啊，离这个地方太远了。"

"你要回我们刚去过的那个小镇吗？"

卡诺女士不置一词，沉默地走到玄关前穿上了自己的外套。

"我还需要你再帮我一次，"她开口，"你还愿意吗？"

"你是说看着肥仔吗？"

"哈，就算是吧。"卡诺女士扬起嘴角。

"但我还是不明白。为什么我需要注意他的一举一动？他会对你要做的事产生什么影响吗？"

"还记得我告诉过你要少问问题吗，贾图？这些我下次会告诉你的。"

失而复得的苏乞儿

贾图慢悠悠地踩着自行车踏上了回家的路。和煦的阳光把头顶晒得暖洋洋的，让她的心情也跟着明媚起来。是因为遇到了肥仔吗？可这是不是太奇怪了？他们只有一面之缘，况且他还是个活在别人记忆里的、属于过去的人。贾图该拿他怎么办呢？尽管思绪像一团乱麻，当贾图推着自行车走进家里，听到从厨房里传来科妮莉亚那恼人的切菜声时，她还是惬意地吹了个口哨。

贾图小跑着上了楼梯，回到自己的屋子。然而就当贾图把羽绒被叠好铺在支撑梁上、正要打开漫画书时，她突然察觉到房间里有些不同寻常。

有什么东西不见了。

窗户大开着。贾图脚边的窗台上散落着三颗兔子粪便。她猛地转过身，发现苏乞儿的笼子空空如也，硕大的佛兰芒巨兔不翼而飞了。她一跃而起，焦急地探出身子朝窗户下面看去，却四处都不见苏乞儿的身影。贾图顾不得穿上外衣，以最快的速度冲进花园，弯着身子在草丛的缝隙中仔细搜索苏乞儿的踪迹，然而一无所获。最后，她绝望地推开铁门来到街上，在巷子里迷茫地转了一会儿，一颗心渐渐凉透了。

贾图愤怒地转身跑回屋里。厨房里，科妮莉亚正在削着土豆皮。

"苏乞儿哪儿去了？"贾图怒吼，阴沉的声音把自己都吓了一跳。

"苏什么？"科妮莉亚被贾图的语气吓了一跳。她扭过头，神情困惑，但事实上她很清楚贾图在说什么。

"我的兔子。"

"好吧……"科妮莉亚把整个身子转向贾图，露出她那一贯虚伪的微笑，"坐下来听我说，孩子。"

"我的兔子在哪儿？"贾图面无表情地重复，"现在就回答我，否则别怪我对你不客气。"

科妮莉亚脸上的笑容瞬间消失了，取而代之的是冰冷的目光，仿佛她摘下了小狗的面具，露出了背后属于狼的眼睛。

"我的戒指在打扫卫生时掉进笼子里了，就是你房间里的那个兔笼。我刚把那个脏笼子打开它就自己冲到窗户外面去了。不过这样也挺好的。你那只兔子本来就是个蠢货，连兔子叫都不会，脏死了，害我总是打喷嚏。"

话音没落贾图就跳上了桌子，她的嘴里无意识地发出了愤怒的咆哮，心中的仇恨和愤怒已经无以言表。就在这时，贾图的父亲走进了厨房。他抬起头，看到贾图高高站在桌子上，这震撼的一幕终于把他的思绪拉回了现实世界。

"这是怎么了？"他不明所以地问。

"她把苏乞儿从窗户丢出去了，还幸灾乐祸！"

"你女儿想上手打我，哈尔。"科妮莉亚佯作无辜，语气镇定自若。相比贾图，她显然更善于控制自己的情绪来混淆视听。此刻的贾图和她比起来就像个疯子。

"贾图，"她的父亲说，"科妮莉亚肯定不是故意的。你看，她还特地为我们做了可口的饭菜，别对她这么刻薄行吗？明天爸爸带你去买一只新兔子怎么样？"

贾图哑口无言。她寒心地盯着父亲，感觉自己浑身的血液都冻僵凝结了。

"爸爸，"贾图尽力找回自己的声音，缓缓开口，"你可真是个宽容的圣人，但这个家已经不是我熟悉的家了。我决定去卡诺女士那里，她人很好，还会给我提供工作和住处，至少她不会这样丢弃对我来说重要的东西。"

贾图平静地跳下桌子，走出厨房，回到自己的房间。她从衣架上拿起背包，将相机、漫画书和有关时空旅行的书籍塞进去，又从柜子中翻出睡袋和充气床垫，把存钱罐放进口袋，拿了几件干净衣服，最后郑重地把母亲的衣服和照片放进包里。

"再见了。"贾图朝海报上的李小龙点头致意。

贾图毫无留恋地走下楼，路过餐厅时听到父亲和科妮莉亚在厨房里说着什么。想必他们是在谈论她，不过她已经不在乎了。她不会再回来了。

贾图走出花园，用尽全力地摔门而出。身后的铁门发出哐当一声巨响，声音回荡在整个街区中，仿佛房子里的一切都跟着摔碎了一般，这让贾图感到一丝痛快。她推出自行车，头也不回地朝电影院骑去。平静的外表下，贾图已经怒火滔天。愤怒就像失控的弹跳球在她身体中横冲直撞。

贾图刚拖着行李踏进电影院，就看到卡诺女士从楼梯上跑了下来。贾图僵硬地站在门口，有些猝不及防。此

128

刻她的背包里装满了东西，腋下还夹着睡袋。

"我还以为你走了。"

"我忘了点东西，"卡诺女士也有点意外，"但你回来干什么？"

"我打算在这里住下来。"贾图回答，"不管怎么说，我不会再回家了。"

"哦，好吧，"卡诺女士耸了耸肩，"是个不错的主意，不过你怎么突然要搬出来了？"

"因为我爸是个自私自利的大笨蛋，而科妮莉亚是个邪恶的老妖婆，仅此而已。"

"有这么糟糕？"

"糟透了！我的兔子不见了，是科妮莉亚把它放跑的，她就是故意的。没人在乎苏乞儿的死活，科妮莉亚嫌它脏，我爸竟然说再买只新的就行了。他以为苏乞儿是灯泡吗？只要用坏了就可以随时换一个？那可是一个生命！他根本就不在乎！在这个世界上就没有他在乎的东西！"

"听起来跟我爸爸很像嘛。"卡诺女士适时地接话。

贾图惊诧地抬起头。这是卡诺女士第一次提及自己的私事，这让她一时间忘记了愤怒。

"你的爸爸？"

"对啊。"卡诺女士点点头,"他也和你爸爸一样,对什么都不感兴趣。我几乎没有关于他的任何记忆。我们确实一起去度过一次假,不过我唯一的记忆就是,那是一个与我爸爸毫无关系的假期。有时候我甚至不知道他跟一株温室植物有什么区别。然而当我长大之后才渐渐意识到,他只是习惯了逃避。他一点都不快乐,也没办法改变任何事。我也是在很久之后才明白这一点。"

"那现在呢?"

"他已经去世了。在我长大后的很多年里都没有和他联系过。没有什么特别的原因,我们只是单纯的没有再见对方。只要有机会我就会离开家,自己一个人生活。就这样,我们之间情感的牵绊渐渐淡去,最后什么都不剩。"

"那你妈妈呢?"

"她在我很小的时候就不在人世了。"

"就像我妈妈一样。"

"是啊,所以我们都很可怜,我们都有一个愚蠢的爸爸和去世的妈妈。"

她们二人相视一笑。

"这么说,你也有一个科妮莉亚?"

"科妮莉亚无处不在,"卡诺女士笑着说,"每个人的人生里都会出现几个像她这样的人。"

"或许吧。"贾图回答。

"贾图，听我说，虽然你的爸爸既懦弱又自私，但他始终是你的爸爸，即使在你看来他并不在意你。于我而言，我很后悔和自己的爸爸断绝关系，可是我已经无法回头了。"

"但你可以回到过去，不是吗？你可以去看他，和他说说话。或者说，当我们前往你的回忆世界时，你已经这么做了？就在我和肥仔在一起的时候？"

卡诺女士叹了口气，半晌没有说话。

"我在努力尝试，"良久，她接着说，"不过这很困难。时空旅行有助于重温回忆，但如果你想改变这段回忆，就没那么容易了。花开堪折直须折，如果你没能珍惜，总有一天会悔不当初。"

"你是说我和我爸爸之间？"

卡诺女士点了点头。

"但我还是要住在这里。"

"你想在这住多久都行。我知道你需要点时间静下心来思考，或者干脆什么都不去想，这样往往效果更好。现在我得离开了。"

"回村子里去吗？"

"或许吧，照顾好你自己就行啦，我也会处理好我的事情。"

"我会的。"

"我相信你，贾图。"

卡诺女士穿上外套，迟疑了片刻，她搂住贾图的肩膀，轻轻地笑了。

"你跟我，"她开口，"我们并没有什么不同，记住，我就在你的身边。"

说完，她离开了电影院，消失在漆黑的夜色中。

贾图把睡袋铺在地板上，给自己倒了一杯橙汁，豪迈地一饮而尽，然后就爬进了睡袋。她从包里拿出相机，拍下了自己在橱窗里的倒影。倒影之外的街道连接着无尽延伸的远方，只有晚秋的落叶不时无声地飘落。

卡诺女士的话一直在她脑海中回响——如果你没能珍惜，总有一天会悔不当初。贾图冷哼了一声。

"算了吧。"贾图恶狠狠地自语。这些话还是留着跟她父亲说去吧。她曾无数次想和父亲好好聊聊，她多么想从父亲口中得知有关母亲的只言片语，然而他总是避而不谈。她又回想起了蒂恩的回忆世界。在那个世界中，父亲的脸上挂着开朗的笑意，在人群中无比耀眼。然而母亲去世后，他彻底变成了另一个人。

同时，贾图脑海中再次涌现出母亲的身影。一想到母亲的脸从人群中浮现，与她四目相对，她的心就被温暖的爱意填满了。那一刻贾图以为这对她来说已经足够了。然而现在她意识到内心深处的某个角落在叫嚣着渴望得到更多。她还想听听母亲说话的声音，听听她对自己说话的声音。她渴望听到她说："没错，好孩子，你就是我的女儿。"

贾图甩了甩头，尽力把这些念头置之脑后。

不要再胡思乱想了，她对自己说。

真正做到摒弃杂念相当困难。贾图的内心正涌动着数以百计的思绪。她想念苏乞儿，那个愚蠢的毛团。它太笨了，或许科妮莉亚说得没错，它甚至都不知道自己是只兔子。但贾图并不在乎。不管它笨不笨，它都是贾图的朋友。除了苏乞儿之外她还有朋友吗？肥仔算吗？那个在空地上录视频的，和她谈论僵尸的肥仔。肥仔和她太像了，他们都不在意别人的嘲笑，都乐于做一个怪胎，我行我素，其他什么都不在乎。

然而肥仔始终是回忆世界中的人，甚至都不是来自贾图自己的回忆。这该怎么办呢？尽管相隔"千山万水"，贾图还是觉得有必要再见他一面。至少她要告诉肥仔科妮莉亚是多么讨人厌。如果有机会的话，她还想跟他分享苏乞儿和功夫大师李小龙，还有神奇的时空旅行，以及她为罗弗老师拿回玩偶的故事。贾图俨然已经把肥仔当成知己，尽管他们才认识不到两个小时，其中还有一半的时间一直盯着那块什么都没发生的空地。

贾图摇了摇头。"我刚才说什么来着？"她高声对自己说，"别再想了。"

她把手伸进书包里，想把漫画书掏出来解闷，却意外摸到了母亲的衣服，便顺势把它拿了出来。贾图从睡袋里爬起来，对着反光的玻璃把那件红裙子往身上比了比。她长得跟母亲像吗？以后还会越长越像吗？她把裙子拿到了吧台后面，脱掉鞋子和裤子，把裙子套在了头上。然后她回到窗前，凝视着玻璃窗里自己的倒影。她偷穿大人衣服的样子可笑极了，而且看起来和母亲一丝共同点都没有。

就在这时，窗前突然出现了一个老人的身影，把贾图吓了一跳。老人停下脚步，对着玻璃赞许地点点头。贾图还记得她牵着的小狗名叫亨利，她赶忙打开了电影院的门。亨利立刻顺着门缝溜了进来，贴着她的脚腕又拱又蹭。

"又见面了，小鱼，"老人开口，"这裙子真漂亮。你把它放在水族箱里了吗？"

"嗯……谢谢。"贾图结结巴巴地回答，试图把亢奋的亨利从她腿上推开。

"让我们来做个交易怎么样？"老人微微一笑，"你把亨利还给我，我把苏乞儿还给你。"

贾图的视线逐渐下移，震惊地发现老人的怀里正趴着一只硕大的白兔。在与贾图四目相对时，它懒洋洋地哼唧了一声。

"苏乞儿！"贾图惊喜万分。

"它突然从灌木丛里跳出来，"老人接着说，"然后就赖在我身上不下来了，我想它肯定很喜欢我。这可把亨利嫉妒坏了。"

"天哪！谢天谢地！奶奶，你不知道我有多高兴！真是太感谢了！快来，苏乞儿，到我身边来！"

苏乞儿的目光疑惑地在老人与贾图之间逡巡了一会儿，最终喉咙咕哝着，晃晃悠悠地走到了贾图身边。亨利不满地吠了一声，但当那头怪异的白毛巨兽朝它走来时，它又立刻闪到了一边，飞快地朝主人跑去。

"亨利是个胆小鬼，"老人摸了摸小狗的头，"不过它特别可爱。"

"苏乞儿也是个蠢东西，但它依然是我的心肝宝贝。可你是怎么知道它的名字的？"

"有人不知道大名鼎鼎的苏乞儿吗？"老人回答，"我也看过《醉拳》，相当精彩的电影。"

"是这样没错……"贾图嗫嚅道，"可是……"

"好了，小姑娘。"老人笑着打断，"你得学着往前走，当然，我也一样。"

"我哪儿都不会去。"

"你会的。不管愿不愿意，人总要到某个地方去。来吧，亨利。"

"再见，奶奶。"贾图莫名有些烦躁。她挥了挥手，目送老人牵着狗消失在夜色中。然后她关上了大门，再一次看了看玻璃窗上自己的倒影。她太瘦了，还顶着一头蓬乱的头发。宽大的裙子穿在她身上显得空荡荡的。

贾图对着窗子咧了咧嘴。"真是个傻瓜。"她对自己说。

贾图躲回吧台后把衣服换了下来，重新爬进睡袋，搂着苏乞儿很快就进入了梦乡。

真人快打

唤醒贾图的是新鲜出炉的三明治香气。她睁开惺忪的睡眼，惊讶地看到卡诺女士就坐在她身旁的地板上。

"饿吗？"

"快饿晕了！"贾图吞了吞口水，从睡袋里探出头，接过卡诺女士递过来的三明治。

"你要跟我一起吗？"

"一起什么？"

"去找肥仔。"

"现在就要去吗？"

卡诺女士点了点头。

"好吧。"贾图想站起身，但卡诺女士示意她先冷静下来。

"先把三明治吃完。你才刚醒，别这么激动。昨天睡得好吗？"

"嗯……"贾图略一思索，"还算不错吧。"

"你的兔子也失而复得了。"

"对！它……它又到哪儿去了？"

"我把它放在放映室的保险箱里了。它看起来挺喜欢那儿的，一把盖子打开，它就主动钻进去了。放心吧，我给它放了一些吃的和水，饿不着它的。"

"太谢谢了。"

"昨晚你肯定想了很多，对吗？"

贾图耸了耸肩："我不会回去的，如果你是在问我要不要回家的话。"

"我可不是这个意思，你的事你自己做主。"

贾图咽下最后一口三明治，站起身拍了拍手。现在她一点也不难过了，她巴不得离开那座死气沉沉的房子，离开那些讨厌苏乞儿的人。她喜欢这种自由的感觉。

"我去把投影仪打开，"卡诺女士说，"你先到影厅里等我。"

贾图点了点头。她带上了自己的相机，推开深红色的大门，走进黑暗的影厅。很快，巨大的银幕上就出现了一列在草地上疾驰的火车。

　　"在冰冷的河水中与食人鱼共浴"已经成了家常便饭，贾图心如止水。她挺胸抬头地站在卡诺女士身边，像铁血老兵一样跨进银幕，转瞬间就来到了那片草地的边缘。

　　"这次我们有两个小时。"卡诺女士看了看表，"时间到了我会去肥仔家门口接你的。"

　　"那个家伙现在在哪儿呢？"

　　卡诺女士扬起下巴朝草地远处点了点："他在不远处的铁轨旁边。"

　　"那你要去干什么？"

　　"我还有其他事情要做，回见！"

　　说罢，卡诺女士就转身离开了。贾图凝视着她的背影犹豫不决。她当然可以选择一路尾随卡诺女士，她太好奇卡诺女士口中的"其他事情"到底是什么了。为什么卡诺女士要到这个地方来？为什么肥仔这么需要人照看？诸如此类的问题一直困扰着她。但如果她现在去找卡诺女士，就有可能错过和肥仔见面的机会。其实她自己也想不明白为什么会把这个仅有一面之缘的男孩当成朋友。然而她就是想把上次离开后发生的一切都告诉他，同时她也好奇肥仔在铁轨旁边做些什么。就在她迟疑的功夫，卡诺女士的身影已经从她的视线中消失了。于是贾图认命地转身，走向了草地。

空气清新凉爽，像极了初春的傍晚。贾图鼓起鼻孔，深深地吸了几口气。四周仍弥漫着蒲公英根茎的气息，除此之外还混杂着粪便、青草和泥土的气息，是来自大自然的味道。绵羊般的云朵轻盈地飘在空中，被夕阳染成了橙色。贾图总是会幻想云层中未知的世界，那里或许也有鳞次栉比的高楼和人们见所未见的生物。她知道自己早已过了幻想的年纪，但依然贪恋沉浸在想象中的感觉。她曾在书里读到过，这种团状的云离地面很远，足有十二公里那么高。仅凭这个事实，她的想象力就开始天马行空了。

"你仰着脑袋看什么呢，袜子小姐？"耳畔突然传来了肥仔的声音，"你以前没坐过飞机吗？"

贾图被吓了一跳，低头一看，才发现肥仔正枕着胳膊躺在铁轨旁的草丛中。

"还没坐过。"

"我也没坐过。但我以后会成为一名战斗机驾驶员，到时候就可以整天待在飞机上了。"

他抬起下巴朝云层点了点。

"我倒不是很想成为飞行员。"贾图开口，"但我希望

140

自己会飞，在我永远也到不了的云端翱翔。"

"你可真是个怪人。"

"那又怎么样？你就不奇怪吗？有没有人告诉过你，你太胖了，根本当不了飞行员？"

"我只要忍住不吃，过一段时间就能瘦下来。"

"算你说得对好了，不过你到底在这干什么？"

"我才应该问你好不好？你怎么又来了！卡诺女士呢？"

"我也不知道。"贾图耸了耸肩。

"她这回是来干什么的？"

"跟上回一样——不知道。可能去解决她以前留下来的麻烦吧。"

"那你怎么不跟着她！你就一点都不好奇她搞什么名堂吗？"

"我是挺好奇……"

"那你怎么还到我这里来？"

"我答应过她不再追问了。这是她的私事，与我无关。"

"那我无话可说了。"肥仔叹了一口气。

"现在能告诉我你在这干什么了吧？"贾图问，"你在录像吗？"

肥仔摇了摇头："没干什么，就是看看火车。"

"我能加入你吗？"

"没意见。"

贾图在他身侧的草坪上躺了下来。他们一起望着深邃的天空和遥不可及的云层，久久不发一言。贾图本来想告诉肥仔最近发生的一切，但在这一刻，似乎所有的冲动都消失无踪了。现在，她只想就这样躺在草地上，放空思绪，什么也不去想。肥仔似乎也能感受到她的心情，无须贾图多言。

突然，肥仔猛地站起身："那儿！来了！"

他指着远处的铁轨。黄昏中隐约出现了一束灯光，慢慢朝两人靠近。贾图也跟着站了起来，看着纠缠在一起的光线逐渐变成了一列火车。那火车越开越快，带着巨大的噪声和风声从她身边疾驰而过。在喧闹声中，她的双眼飞快地捕捉到了几个瞬间：读书的女人，对着窗户打瞌睡的男人，盯着车窗外风景的好奇的孩子。贾图举起相机拍下了一张照片，尽管自己全然不知道镜头捕捉到的是哪个画面。随后一切喧嚣逝去，二人目送着火车远去，直到它又变成一束灯光，慢慢消失在地平线上。

"你知道这条铁轨通向哪里吗？"肥仔问。

"知道啊，到下一个村子去。"

"哎呀，我是说终点！"

"不太清楚，可能到最后一个村子吧。"

"终点站是中国。"

"真的假的？"

"当然是真的，只要沿着这条铁轨一直往前走，最后准能走到中国去。"

贾图再次饶有兴味地看向地平线尽头，想象视线之外的某个地方就是中国。

"中国离这里有多远？"

"七千五百公里。等我长大了，我要买台泵泵车[1]。"

"什么是泵泵车？"

"你不知道吗？就是那种一拉挡杆就会往前跑的轨道小车。"

"然后呢？"

"到时候我就可以去中国看我的爷爷了。他可是个少林武僧。"

"不可能，你骗人！"贾图反驳。她对少林武僧再清楚不过了，她敢说没有人比她更热衷功夫片。这些中国僧人对自己的身体和思想有着极强的控制力，他们武功盖世，几乎无人能敌。

1译者注：对原文的pemperkop没有找到一个对应的中文翻译。该单词意为由一根挡杆手动控制的小型车辆，只能在设定好的轨道上前进，不能倒车，目前这种车已经被淘汰了。

"你连中国人都不是。"

"我爷爷是唯一一个白人少林武僧。"

"胡扯，你爷爷就是个大骗子，他骗得了你可骗不了我，我对武术了如指掌，所有功夫片的台词我都滚瓜烂熟，就连我养的兔子都和醉拳大师同名，叫苏乞儿。不用我出马，我的兔子就能把你爷爷撂倒。"

"别吹牛了，我爷爷会拎着它的耳朵把它扔进烤箱，让它变成一只烤乳兔！"

又一列火车从贾图和肥仔身边呼啸而过，但他们目不斜视，站在原地气势汹汹地瞪着对方。

"你还想再摔一次跤吗，泵泵车？"贾图故作漫不经心地开口。

"我有更好的主意，袜子小姐。"肥仔拒绝了她的提议，"跟我来！"

他领着她往回跑去。他们穿过草地，回到了村子里。贾图一直紧跟在他身后，最终两个人跑到了肥仔家门口。肥仔停下脚步，回头对她咧嘴一笑。

"胜者为王，如果你赢了，我就承认你的兔子能打得过我爷爷，但如果我赢了，我爷爷就能把你的苏乞儿放进烤箱。"

"成交！怎么比？"贾图问。

肥仔打开大门，招招手让贾图跟上来。他走进客厅，低下头摆弄了几下电视机后面的电线，随后往贾图手里塞了个遥控器。

"你想打电玩？"

"喂喂喂！这可不是普通的电玩！这是《真人快打》！练功夫的！能把对手撕成两半，就跟我爷爷打坏蛋一样！"

"你爷爷连自己的鼻毛都拔不掉！"

"对我爷爷放尊重点儿，他动动手指就能把你打得满地找牙！准备好输给我了吗，袜子小姐？"

"同样的话送给你，泵泵车！"

肥仔打开了游戏机。电视在沙沙作响中闪烁了几下，随后屏幕上浮现出了模糊的登录界面。

"画面太糊了，有点影响我发挥，"肥仔撇了撇嘴，"我爸说这条连接任天堂的电线已经坏了。他答应过我要买条新的，但一直没买。所以我总是假装自己在迷雾里战斗，就当是升级版挑战吧！"

"你肯定打算藏在雾里躲避我的拳头吧！"

肥仔咧嘴一笑："一会儿你就会被我揍得鼻青脸肿了，袜子小姐。不过公平起见，先让我教你怎么玩儿。这是一款运动游戏，看，你可以通过控制这些按钮让角色跑动和跳跃。这边几个按钮是阻挡攻击用的。A 键是扫堂腿，X 是高鞭腿，Y 是出拳，要是你能把这些组合起来，打一套组合拳，就能所向披靡。来吧，先选一个角色。"

贾图扫了一眼屏幕上的人物，吸了吸鼻子："屏幕都模糊成这样了，连是男是女都分不清。"

"哎呀，其实你选谁都无所谓，最终的结果都是输给我。"

然而第一局贾图就获得了胜利，随后就当起了常胜将军，打得肥仔毫无还手之力。她是第一次玩这个游戏，做出的动作和组合根本不合逻辑，然而正是她横冲乱撞的打法，让肥仔苦练的技巧全无用武之地。

"你这打的是什么啊！"肥仔崩溃地大叫。

"这你就不懂了吧，我这是醉拳大师的风格，学着点儿，泵泵车！"

肥仔又忿忿地抱怨了几句，脸颊和脖子因专注和愤怒涨得通红，这让贾图得意极了。直到最后一局，肥仔才用他精彩的动作打败了贾图一次。

屏幕上闪烁着鲜红的"K.O."字样。

"看吧，你被我打爆了！"肥仔兴奋地大喊，双眼又恢复了神采。

"才不是呢。"贾图盯着那堆红色的像素点"喊"了一声。

"那儿写的是 K.O.。只有我这种顶级高手才能 K.O. 对手。虽然你确实赢了我好几局，但只有一招制敌的胜利才算是 K.O.，我在游戏中能做到，我爷爷在现实生活中也能做到。"

"得了吧，你爷爷只是个住在养老院里的白人老头。你就赢了我一次，而我赢你的次数根本数不清。愿赌服输，现在你必须承认，我的苏乞儿绝对能打败你爷爷。"

"没意思，我不玩儿了。"

"你承认了？"

肥仔小声嘟囔了一句。

"你说什么？"

"我说好吧。"

"好吧什么？"

"好吧，我承认你的兔子能打败我爷爷，行了吧？"

贾图神采飞扬地瞥了肥仔一眼，而对方只是无所谓地耸了耸肩，他的沮丧只持续了片刻。突然，他眼前一亮："袜子小姐，未来的电玩都是什么样的？"

"不知道，我平时不玩游戏。"

"不会吧！"肥仔夸张地大叫，"你一个来自未来的人，身边有那么多最新的电玩，但你竟然一次都没玩过？简直是暴殄天物！玩未来的电玩可是我的梦想之一！"

"你这个梦想挺蠢的，"贾图淡淡地摇头，"我还是更喜欢你刚说的去中国那个。"

"那你呢？你的梦想是什么？"

"太多了，根本数不清。"

"做一名摄影师啦，穿越时空啦——当然这点我已经做到了，以及乘上破冰船去远航，在北极的冰川上漫步……哦，对了，成为功夫大师也是我的梦想之一！最重要的是，永远不要变成我爸那样的人。另外就是……"贾图忽地沉默了，她想起了自己的母亲，想起了那部一直想看，却没能在任何地方上映的电影。

"然后呢？"

"然后就没有了。"贾图摇了摇头。

肥仔深深地看了她一眼："你爸爸就那么让你厌烦吗？"

贾图耸了耸肩，想到了卡诺女士谈及她自己的父亲时说的话。卡诺女士说她的父亲只是在逃避，在命运的捉弄下无路可走。

"不瞒你说，他简直让人烦透了。"

"我爸妈也一样，"肥仔感同身受，"他们总是庸庸碌碌地忙着，眼盲心瞎，沉浸在自己的世界里，不肯面对真实的世界。"

"就是这样!"贾图对上肥仔的眼神,"我爸倒是不忙,但就像你说的,他像个行尸走肉,把自己隔绝在真实世界之外了。"

"那你妈妈呢?"

"我妈妈去世了。"

"去世了?"

贾图差点咬到自己的舌头,每当说出这句话时她都觉得浑身不自在。她早知道自己的母亲已经不在人世了。在十几年的人生中,她无时无刻不在提醒自己这一点。但每当把这个事实宣之于口时,她总会感到不知所措,好像被什么人扼住了喉咙。

真是个傻瓜,贾图对自己说。

"我们再玩一局吧。"贾图故作轻松地笑笑。

"她是怎么死的?"

"死了就是死了。"

"什么叫死了就是死了?"

"我一出生她就死了。她是在生我的时候死的,就这样。"

"好吧。"

"嗯。"

扔到井里去吧。把这些念头统统扔到井里去。

肥仔望着她，久久地陷入了沉默。

"我们不要聊这个话题了。"贾图打破了宁静，"我不需要谁来可怜我。"

"好吧。"肥仔回答，"你说了算。"

贾图点了点头。这是她自己的事，当然是她说了算。

"怎么样啊，小家伙们？"卡诺女士的声音从背后传来。贾图转过身，看到卡诺女士站在门口。"时间到了。"她指了指手表。

一股沉重的感觉忽地涌上贾图心头。

"或许我可以留下来。"她用只有自己听得到的声音说。其实她心里明白，这根本是不可能的。她知道自己只是暂时停留在卡诺女士的回忆世界中。一旦超过两个小时，这个虚拟空间将不再稳固，时间裂缝会出现，而留在这里的她就……好吧，她也不知道到时会发生什么，但如果卡诺女士说的是真的，她可能会跟着这个虚拟的空间一起消失，最终被真实世界抹杀。

"好吧。"贾图沮丧地回答。

她向肥仔挥手告别，跟着卡诺女士离开了肥仔家，走过街道，又一次穿过迷雾。

又臭又硬

就这样又过了几天。贾图一直和苏乞儿住在电影院里。她一点都不想家，反而觉得轻松自在。卡诺女士给她带了一大袋吃的，而她也顺理成章地把影厅当成了她的卧室。当夜幕降临时，她会坐在窗前向外张望，用相机给流浪汉和光秃秃的树干拍几张照片。

天气渐渐转凉了，但午后的阳光依然温暖。贾图偶尔会走出电影院，寻找那些不起眼的、值得拍照记录的事物。有几回她躺在那片"不存在的草坪"上，凝望着天空，寻找飞机的踪迹。在这段离家出走的日子里，贾图想了很多事。自从卡诺女士出现后，她的生活中就凭空出现了很多困惑。那位牵着狗的老奶奶就是其中之一。还有那个逃进科妮莉亚家的偷窥者，那个人甚至偷偷闯进过她的家。顺着这个思路，贾图又想起了科妮莉亚，想起了她甜腻的香水，以及她曾经在电影院的厨房外偷听过自己和卡诺女士的对话。还有就是卡诺女士——她有太多神秘的事瞒着自己了，或者也不算瞒着，她只是没有对自己解释。卡诺女士在那个小村庄里到底发生过什么？为什么肥仔非得被人盯着不可？明明每次他都在忙自己的事，根本无心窥探卡诺女士的秘密任务。

说到肥仔，他是贾图最近遇到的最不神秘的人了。虽然她们只见过为数不多的几面，但贾图觉得自己已经足够了解这个男孩了。知道世界上还存在着这样的人，哪怕只是活在以前、活在别人的记忆中，对贾图来说也已经是莫大的安慰。肥仔的存在让贾图觉得自己并不是世上唯一的怪胎，让她觉得自己并不孤单。

当然，贾图想得最多的还是母亲。蒂恩回忆世界中的那一瞬间仍深深刻印在她脑海中，像太阳般永恒而明亮。无数个夜晚，贾图辗转难眠，因为她意识到：自己有一张可以放进投影仪里的照片和一件可以放进黑盒子里的衣服。明明她已经掌握了进入回忆世界的方法，但在这么长时间里，她只是把这家神奇的电影院当成卧室在里面睡觉。

因为她始终没有勇气。

贾图根本不知道见到母亲后该说些什么。如果母亲不喜欢自己该怎么办？如果母亲并没有她想得那么温柔呢？如果母亲没有认出自己，只瞥上一眼就移开目光，好像自己是个与她毫无关系的陌生小孩该怎么办？至少现在贾图还抱有对母亲的幻想，她并不想承受失去幻想的风险。

在睡袋里睡了好几个晚上后，贾图开始腰酸背痛。睡眠质量的下降让她感到无比疲惫。

在这段时间里，贾图又跟着卡诺女士去了几次回忆世界中的村落。每次卡诺女士都让她和肥仔待在一起，自己消失得无影无踪。贾图和肥仔曾试图跟踪过她，但很快就跟丢了。后来他们又尝试了很多方法，甚至拿着望远镜爬上树瞭望，但都没有发现卡诺女士的踪迹。在经历过几次失败后，他们最终放弃了，不想再花时间关注卡诺女士的动向。

他们又玩了很多局《真人快打》。贾图很快就找到了她最喜欢的角色，轻轻松松就能把肥仔打得满地找牙。肥仔则绞尽脑汁想赢。他甚至放弃了所有练习过的技巧，试图模仿贾图横冲直撞的打法，然而始终无济于事。尽管他换遍了所有角色，用尽了他能想到的所有战术，依然改变不了被贾图碾压的事实。很快这种一边倒的胜利就让游戏变得索然无味。

"太没劲了，我可不想再跟你这个笨拙的大块头打了。"贾图吐槽道。

肥仔不服地嘟囔了几句，站起身拔掉了任天堂的插头。

"我们到外面去玩吧。"肥仔提议。

他们开始在村庄和草地上闲逛。贾图举起相机拍照，肥仔则把相机藏在某个地方偷偷录像。后来他们并排躺在铁路旁的草地上，幻想着遥远的旅程。肥仔讲起了他的爷爷在中国的冒险故事。贾图心里清楚他只是在编故事，但她还是听得入了迷。

贾图也给肥仔讲了罗弗老师和罗尼的故事，以及那个总是牵着狗的神秘老奶奶。她对肥仔讲了她所知道的有关卡诺女士的一切，讲到她们是如何相识的，卡诺女士又是如何独自发明了能穿越时空的电影院。卡诺女士的好奇心很强，既聪明又固执。这点肥仔也知道。

"我们肯定也能做到的，"肥仔说，"只要我们也像她一样一直对世界充满好奇。"

"没错，"贾图赞许地点点头，"卡诺女士也是这么说的。"

在下一次来见肥仔时，贾图带来了关于时空旅行的书籍。他们爬上村里的大树，躺在树干上一起阅读。当天空再次飘满一团团绵羊状的云时，贾图意识到自己最大的梦想还是飞到天上去。但不是自己飞，而是坐上热气球。也就是说，除了成为驯兔师和护林员之外，她以后还想当热气球驾驶员。

在电影院住了两个礼拜后，贾图的身体已经僵硬得几乎无法直立行走了。她的头发乱得像打结的毛毡，脸上又痒又黏。她已经趁着夜色偷偷溜回家好几次了。她又收拾了一些额外的东西，换上了干净的衣服，但身上还是因为没有洗澡开始不受控制地发臭。

苏乞儿一直睡在放映室的保险箱里。每当贾图想把它抱起来时，它就不停地哼唧，奋力用后腿蹬她。它还把兔粪拉得到处都是。幸好贾图早就清楚苏乞儿毫无智商，否则她一定会以为这只兔子是在报复她，毕竟她把它从熟悉的兔窝里带走了那么久。不光是苏乞儿，就连贾图自己也开始感到厌烦了。经过刚住进来的那几天，卡诺女士就很少来了。她有自己的事情要忙，很难抽出时间照顾贾图。因此贾图也没有什么机会再去见肥仔。有时卡诺女士只是透过影院拐角的窗户来看看贾图是否还活着，并放下一些日用品，以免贾图挨饿。但贾图还是更想吃热乎乎的饭菜。事实上，贾图不得不承认，她非常想念科妮莉亚做的菜。

然而突然有一天傍晚，这个女人出现在了电影院门口！贾图惊讶地看到科妮莉亚手里拿着个塑料饭盒。

给贾图准备的。

热腾腾的饭菜。

科妮莉亚敲了敲门。贾图不情不愿地把门打开了。

"你怎么搞成这样了？"科妮莉亚皱起鼻子，嫌弃地扁了扁嘴，脸上的法令纹看起来更深了，"你臭死了。"

"你来干什么？"

"经过这些天的冷静，看起来你可以回家了，而且你爸爸很担心你。"

"他？他会担心我？"

"当然了。好吧，其实也不算。他虽然知道你待在这里，但还是忍不住有点担心。"

"那他自己怎么不来？"

科妮莉亚不自觉地沉默了。

"算了，无所谓。"贾图说，"当我没问好了。"

"你现在又脏又臭的，如果你想回家的话就跟我回去吧。当然你也可以选择不听我的。"

"你既然知道，何必还要白跑一趟，还带着吃的？"

科妮莉亚没作声。

"去你的吧。"贾图接着说。

她关上门，走进了电影院。但科妮莉亚的话还萦绕在耳边：**你爸爸很担心你。**

这绝不可能，贾图想。

她躲在门后观察了半个小时，直到确定科妮莉亚已经离开了，才重新回到入口处。门口放着一个塑料饭盒。那个可恶的老巫婆把它留在这里一定是为了嘲讽她。科妮莉亚该不会把自己当成她的母亲了吧。贾图绕着饭盒走了几圈，轻轻摇了摇头。

有一瞬间，贾图想到科妮莉亚有可能会在饭盒里下毒。她回过神来又觉得自己可笑至极，于是把饭盒捡了起来，端进电影院开始大快朵颐。令贾图感到恼火的是，科妮莉亚做的饭菜真的很美味。奶酪通心粉，这可是科妮莉亚的拿手绝活……

"我真是个蠢货，"贾图大声对自己说，"讨好我又不能得到什么。"

半小时后，贾图收拾好所有东西，把苏乞儿放在车筐里，骑上车回家了。一路上，她像念咒一样对自己喃喃自语："蠢货蠢货蠢货……"

他们肯定在楼上看着呢，贾图在把车摔进花园时想道：我是为了让苏乞儿住得好点才回来的，其他人我根本不关心。

然而进入房门后，屋里的一切都让她猝不及防——父亲僵硬得像根大理石柱子，双手笨拙地抱住手臂，极不自然地对她打了个招呼："啊，你回来了，太好了。"

贾图吓了一跳，但马上用低沉的声音回应道："说得好像你很在乎似的。"

"我当然在乎了。"父亲说。

就像有什么人突然把他的开关打开了似的，父亲木讷而僵硬地向贾图走来，张开双臂抱住了她。贾图愣住了。虽然整个过程只有短短几秒钟，却好像过了一个小时那样漫长，并且他们彼此可以清楚地感觉到，父女两人都因这陌生的举动感到很不自在。

"实在抱歉。"父亲简短地留下了一句话，随后就上楼回到了自己的房间。

贾图一个人在大厅里站了好一会儿，脑子里只剩下一个念头：**抱歉？**这是在干什么？为**什么抱歉？**

毛茸茸的兔子啃了啃贾图的脚趾，她回过神，把苏乞儿抱起来，向楼上走去。路过父亲的卧室时，她停住了。里面的光线透过门框的缝隙射出来。她想起了门厅那个奇怪的拥抱。与其说那是一个拥抱，不如说她依偎着一个人体模型。但就在刚才，父亲真真切切地拥抱了她。他就像一个大脑无法控制自己躯体的机器人。这是一次完全失败的拥抱。贾图想不明白他为什么会突然想拥抱自己。

有一瞬间，贾图想敲开父亲的房门，但很快就打消了这个念头。她走进自己的房间，把苏乞儿放进笼子里，开始整理行李。随后她就发现母亲的连衣裙不见了，它被遗忘在了电影院吧台后面。

其他东西都可以第二天再去取，但母亲的裙子不行，她现在就要把它拿回来。即使这意味着半夜才能上床睡觉，贾图也必须穿上外套出门。她叹了口气，下楼骑上车，疲惫不堪地回到了电影院。她必须拿回那件衣服，然后就可以放心地回家睡觉了。

贾图把车停好，走进电影院。那件连衣裙就放在吧台后面，试穿之后贾图太懊恼，就把它丢在了那里。她弯下腰去捡，却在这一刻又闻到了科妮莉亚的香水味。

会不会是晚上科妮莉亚在门口送饭的时候吹进来的？可是这味道也停留得太久了。

贾图竖起耳朵听着楼上的动静，突然听到放映室里传来咣当一声。

有什么人在电影院里。她或他把与回忆有关的物品放进黑盒子了!

楼上传来跑下楼梯的咚咚声。贾图松开裙子,躲进吧台后面。透过缝隙,她看到有人从楼上下来了。

真的是她!

科妮莉亚。

就是她没错!

原来卡诺女士向贾图解释回忆电影院是如何运作的时候,科妮莉亚就在厨房里。科妮莉亚显然听到了一切,并且已经有了自己想看的"回忆电影"。这就是她带着食物来劝贾图回家的原因。那么当时巷子里的那个人也是她吗?但是这一切究竟是为什么?

科妮莉亚径直走过吧台,来到影厅门前。透过缝隙,贾图看见她推开了那道红色的大门,走了进去。贾图又等待了片刻,然后小心翼翼地从吧台后面站起来,蹑手蹑脚地走了过去。她把耳朵贴在门板上,然而听不到任何声音。于是她屏住呼吸,慢慢地推开门,从门缝往里看。科妮莉亚正站在银幕前,在巨大的画面前,她的身影显得格外渺小。银幕上显现的事物贾图再熟悉不过了:一条街道、几棵树、一条人行道,还挂着一轮又大又圆的月亮——月光下正是科妮莉亚的房子。

科妮莉亚走进了银幕中，不见了踪影。

贾图在影厅中踱步，眼睛紧盯着屏幕。她想起了人们对科妮莉亚的流言蜚语。银幕后的世界里会不会有什么可怕的东西？

这不关她的事，贾图想，但她真的太好奇了。

迟疑的脚步变得坚定，贾图把眼镜扔在电影院的座椅上，大步迈进了"食人鱼的冰水池"。

科妮莉亚的电影

    片刻后，贾图就沐浴着月光站在了科妮莉亚家门前。大门虚掩着，四下都看不到科妮莉亚的踪影，显然她已经进入了房间。贾图环顾四周，想看看能否从周围的东西上分辨出自己来到了多久之前，然而她没能找到任何线索。街道上静悄悄的，没有汽车驶过，只有屋内传来了细微的私语声。贾图认出那是科妮莉亚的声音，不过没有印象中的那么犀利——它属于年轻版的科妮莉亚。

    身旁，一阵微风吹过。

    贾图的目光定格在面前的门缝上，脑中忽然灵光一闪。微风会把门带上，如果她想进入科妮莉亚的家，现在是最好的时机。想到这里，贾图脚尖点地，像蛇一样敏捷而悄无声息地穿过门缝。她就这样莽撞地溜进了房子，甚至来不及思考是否会被人发现。屋里一片漆黑，似乎空无一人。她迅速地将自己隐藏在门边最黑暗的角落里，猫着腰，屏息静听。

"我马上回来。"刚才那道声音从不远处传来。走廊尽头的一扇门被打开了，光线照进客厅。科妮莉亚站在光线中，面容至少比贾图熟悉的模样年轻了15岁。她的五官更加开朗柔和，神情中也没有令贾图厌恶的虚情假意，反而浮现出淡淡的悲伤。她走到前门，向外张望了一眼，然后关上了门，静静地站在黑暗中。

"科妮莉亚……"一道虚弱而焦急的男声从走廊尽头的门内传来。

"我来了！"

年轻的科妮莉亚冲回走廊，快步走进屋内。在门缝透出的亮光下，贾图看到走廊尽头的墙上挂着一幅装裱好的画。画面上是一男一女，手挽着手，一同眺望着不远处的大海。画中的女人一定就是年轻的科妮莉亚。那男人呢？会是她的丈夫马库斯吗？

房间里又传来了轻微的交谈声，然而贾图分辨不出话里的内容。不久后，屋内传来了按电灯开关的声音，随后门又被打开了。

"今晚的月色真美，马库斯。"贾图听到科妮莉亚的声音从门口传来，"要我再拍张照片吗？这样你就能看到了。"

随后贾图听到了拍立得快门的咔嚓声。

"我把它放在你的毯子上，你想什么时候看就什么候看。明天我会把它和其他照片一起挂起来。现在先睡一觉吧，马库斯。"贾图听到年轻的科妮莉亚在门口说道，"我们明天再谈。"

年轻的科妮莉亚走出房间，沿着走廊走回客厅，消失在黑暗中。片刻之后，楼梯上传来了脚步声。

贾图想从角落里站起来仔细看看，但她及时意识到，躲在黑暗中的人一定不止她一个。于是她仍然蹲在角落里，一动不动、沉默不语，屏住呼吸耐心等待着。果然，她看到大厅对面的阴影里走出来一个人——正是科妮莉亚，那个贾图熟悉的、来自现实世界的科妮莉亚。科妮莉亚从黑暗中缓缓走出来。大厅上方的灯光照在她的脸上，令她的神情显得格外严肃而疲惫。科妮莉亚慢慢地踱进走廊，在那幅画前驻足了一会儿，然后走进了年轻的科妮莉亚刚刚离开的房间。

贾图从黑暗的角落里走出来，悄悄跟在她身后，走进走廊，朝房门走去。门是虚掩着的，里面关着灯，但此刻贾图的眼睛已经习惯了黑暗，她借助月光看到屋内正中的床上躺着一个面容憔悴的男人。他一定就是马库斯了。男人双目紧闭，气息沉重。他床头的晾衣绳上挂满了照片，照片的内容都是同一扇窗户。贾图意识到那些照片记录的都是这间卧室窗外的景色，因为照片中的窗框与马库斯床边的窗子一模一样。或许他已经病得太重了，连自己起身向外看都做不到。这些照片会不会都是科妮莉亚帮他拍的？

科妮莉亚轻轻在床前坐下来，握住马库斯的手，手指缓缓转动他无名指上的戒指。

"我就在这里，马库斯。"她的声音温柔低沉，"今晚你不会孤单的。"

马库斯的脸上似乎浮现出淡淡的笑意，但依旧锁着眉头，双目紧闭。

"如果能早点知道，我一定不会留你一个人，自己去睡觉的。"她接着说，"但是没关系，我现在来了，我就在这里。"

马库斯点了点头，他的动作很轻很慢，几乎无法辨认。他微微睁开了眼睛，干裂的嘴唇露出了一丝微笑。蓦地，他的手开始在科妮莉亚的手中颤抖，似乎在尝试挣

165

脱。于是科妮莉亚放开了他。马库斯极力抬起手臂，拇指颤颤巍巍地竖起。他在虚空中握了握拳，好像抓住了什么贾图看不见的东西。片刻后，他的手无力地垂在了床垫上，再次闭上眼睛，不再动弹了。

科妮莉亚往常皱巴巴的双唇此刻抿成了一条直线。水汽渐渐从她双眸中氤氲出来，双眼变得晶晶亮亮。她重新握住了马库斯的手。男人的拇指仍保持着上翘的姿势。科妮莉亚轻抚着他的皮肤，动作带着深深的眷恋。贾图看得出，她正竭力抑制着自己的悲伤。她弯下身，在马库斯前额轻轻一吻，随后站起来，向门外走去。贾图飞快地闪身躲进了门边的阴影里，尽力将自己藏得一丝不露。然而科妮莉亚却在门口停住了脚步，她一动不动地站了一会儿，久到贾图觉得已经过去了一个世纪。最后，她鼻子翕动了几下，转向了贾图藏身的阴影处。科妮莉亚没有真正看到她，但贾图知道她已经发现了自己的存在。她闻到了自己身上的味道——一股两个礼拜没洗澡的味道。

科妮莉亚撇了撇嘴："现在谁才是那个多管闲事的人？"

她没有等贾图回答就转身离开走廊，穿过大厅，走出了房子。

贾图看着她离去的背影，心乱如麻，一句话也说不出来，身体更是僵硬得无法动弹。她一直望着科妮莉亚消失的前门，回过神来时才发现面前出现了一团慢慢扩大的黑影，浓重的黑色比大厅的阴影还要黑，至少已经扩大到了两米长。

是时间裂缝！

贾图怔怔地看着眼前的一切，后知后觉地意识到科妮莉亚已经离开了回忆世界。如果她把照片从放映机里拿出来，自己就会……是啊，会怎么样？永远停留在这段记忆中？被时间裂缝吞噬？贾图慌忙跳了起来，顾不得会发出什么声响，狂奔着穿过客厅，冲出门去，越过那团黑影。跑向花园外时，贾图抬起头，发现房子上方出现了一条更大的黑色裂缝，宛如夜晚被陡然撕裂出一道伤口。当她以最快的速度跑出花园时，看到月亮正像消失在水槽里的牛奶一样渐渐从空中隐去。她翻过栅栏，跳出花园，逃也似的来到街上，跌跌撞撞地找到白雾的位置，一头扎了进去。

下一刻她就回到了影厅里。周围已经没有了科妮莉亚的踪迹。贾图捡起眼镜戴上，怀着忐忑的心情走上楼梯，朝放映室走去。放映室里也同样空无一人，一切保持着原样。科妮莉亚从回忆世界离开后就没有改变这里的设施。她本可以轻而易举地关闭投影仪，拿走黑盒子里的东西，把贾图驱逐到永恒的虚无中去。但她没有这样做。贾图关掉了投影仪，透过窗户看到楼下的影厅瞬间变得漆黑一片。

贾图打开黑盒子，发现里面的旧物正是马库斯戴的戒指。盒子旁边有一张字条，上面用无可挑剔的工整字迹写着：请归还。于是贾图把戒指捡起来，放进了自己的口袋。

她又走到投影仪前，拿出了里面的照片。那是一张马库斯家窗外风景的照片。夕阳西下，天空呈现梦幻的粉红色。照片背面同样是科妮莉亚无可挑剔的笔迹，随着岁月的流逝已经褪色：你最后的风景。如果当时我知道，我一定会和你在一起。

贾图怔怔地盯着这些文字，突然感到一阵恶心。讨厌科妮莉亚很容易，只要她还是那个哼着小曲、尖酸刻薄、令人讨厌的女巫。如果她还是贾图印象中那个妄图毁掉贾图生活的人就好了。贾图尴尬地意识到，自己曾希望在科妮莉亚的记忆中找到什么肮脏的证据，并凭借这些证据，让自己有理由更加唾弃她、厌恶她，甚至想证实那些愚蠢的流言蜚语。但现在……

她拿着照片呆呆地站了一会儿，心里忽然空荡荡的，感到一阵无所适从。后来贾图走下楼梯，从吧台后面拿起母亲的衣服，离开了电影院。她骑上自行车，手臂下夹着

168

衣服和照片，踏着月光，穿过寂静的小镇，来到科妮莉亚家门前。房间里还亮着灯。贾图从口袋里掏出戒指，连同照片一起放在了门口的地垫下面。

贾图站在门前，心情久久不能平静。她想起了自己对科妮莉亚所有无端的厌恶，决心不能就这样一走了之，于是又把戒指和照片捡了起来。按响门铃时，贾图发现自己的手指都在颤抖。

"自然点儿！"贾图用手拍了拍脸蛋，对自己说道。

屋内很快传来了科妮莉亚的高跟鞋声，由远及近，那声音突然让贾图产生了一种怜悯之情。她不禁打了个冷战。门开了，科妮莉亚站在她面前。

"就放这里吧。"她粗声粗气地向贾图伸出手。

贾图把戒指和照片放在科妮莉亚手心，羞愤得想立刻消失。她现在只想逃离科妮莉亚的视线，去哪儿都行。科妮莉亚收回手，退后一步，准备关上门，但贾图却在此刻往前迈了一步。科妮莉亚愣住了，神色复杂地看着贾图的脚，仿佛她正踩着一坨狗屎。随后她抬起头，用同样的眼神看向贾图。

"我能进来吗？"贾图嗫嚅道。

科妮莉亚站在门口板着脸盯了她一会儿，然后转身走进了屋里，留给贾图一个后脑勺。

"把鞋脱了。"

贾图在门口犹豫了片刻，深吸了一口气，踢掉鞋子，把它们整齐地放在垫子上，走了进去。她轻轻关上门，夹着母亲的衣服走进客厅，穿过走廊，来到科妮莉亚房间前。

"你就在这里待着吧。"科妮莉亚语气不善，"我可没多少时间搭理你。我正忙着收拾行李。"

科妮莉亚站在房间的一角，旁边放着一堆搬家用的箱子，以及一盏带棕色流苏的落地灯，她站在中间，仿佛自己就是一件家具。贾图一言不发地望着她。

"我要搬家了，"科妮莉亚接着说，"你爸爸已经收到了我的辞职信。"

"搬家？"贾图惊讶极了。

"没错。"

这时，又有一个女人走进了房间。她看起来比科妮莉亚年轻几岁，留着一头浓密的卷发，穿着破旧的运动鞋。她的长相与科妮莉亚完全不同，但又有一种明显的相似感。

"你就是贾图吧。"女人说。她迈着严谨的步伐走近贾图，朝她伸出了手："我是弗朗西斯，科妮莉亚的妹妹，正在帮她收拾行李。我听说过很多关于你和你爸爸的事。"

贾图犹豫着跟弗朗西斯握了握手。

"你听说过很多我的事？"

科妮莉亚叹了口气，贾图用余光瞥到她抱起一堆纸箱走出了房间。弗朗西斯指了指贾图身后的椅子。

"随便坐吧。"她再次开口，"我姐姐不是那种好客的人，但你千万别介意。她……"她回头看了一眼科妮莉亚消失的那扇门，用温和的语气继续说道，"自从她的丈夫……她整个人都变了。你应该也知道吧？"

贾图点了点头。

"我很了解我姐姐，"弗朗西斯说，"我知道她不是个讨人喜欢的人。但她喜欢到你们家去，她跟我讲了很多你们家的事。"

"我们家的事？"

"没错，主要就是抱怨你。说你的房间一团糟，还成天沉浸在幻想里。她还跟我说过什么脏兔子？"

"是苏乞儿，"贾图怒火中烧，"而且它一点也不脏。"

"不过她还告诉我你会摄影，而且在学校成绩很好。有时她还是会夸你几句的。"

"哈！"贾图耸了耸肩，她宁可相信外星人会在五分钟内毁灭地球。

"无论如何，"弗朗西斯继续道，"如果没有你们，我想她会很寂寞的。"

科妮莉亚走回贾图和弗朗西斯身边。

"我需要你的帮助，弗朗西斯，橱柜门还卡着呢。还有你，贾图，你已经玩得够久了吧。"

"别这样，科妮莉亚……"弗朗西斯叹了口气。

然而贾图点了点头。"我是该回去了。"她说，"你们肯定还有很多事要忙。谢谢你的……嗯……总之，谢谢你，科妮莉亚。"

贾图走进玄关，坐在门垫边穿鞋，听到科妮莉亚的高跟鞋声越来越近，最终在她身后停了下来。贾图能感觉到她正直直盯着自己的后背。她从科妮莉亚的呼吸声中听出，她想对自己说点什么。

"这是你妈妈的裙子吗？"她问。

贾图看着放在自己腿上的连衣裙。

"对。"

"我和你妈妈不熟，"科妮莉亚接着说，"但她对我丈夫很好，对我也是。她从来不说别人的闲话，跟你可不一样。"

这句话刺痛了贾图。她想当作没听见，但她做不到。因为她意识到科妮莉亚说的没错。

"你能再给我讲点我妈妈的事吗？"贾图问。

"很抱歉，不能。"科妮莉亚摇头，沉默了一会儿又补充道，"我说过了，我和她不熟。但你为什么不亲自去跟她谈谈呢？你不是知道怎么去回忆世界吗？还是说你太胆小了？就跟你爸爸一样，像个害怕的孩子一样想逃避一辈子？"

贾图没有回答。科妮莉亚又狠狠捅了她一刀。没错，她**就是**这么懦弱，她明明**有**去往回忆世界的方法，明明**可以**和母亲见面，但她始终没有去做。

科妮莉亚露出欲言又止的表情。

"不，"她接着说，"你并不懦弱。你知道我对你的评价并不高，但我可以肯定你不是个懦夫。我远没有你那么勇敢。但即便如此，我也敢于面对自己的过去。"

贾图站了起来。"你之后要去哪儿？"她问。

"和你有什么关系？"

贾图耸了耸肩。

"去试试过新的生活，"科妮莉亚接着说，"放下过去的一切。你可能觉得我已经上了年纪，但我也有自己的未来。我想看看人生有没有新的可能性。"

贾图伸出了手。科妮莉亚歪着头看了看，好像贾图的手上沾了狗屎似的，但最终还是握住了她的手，轻轻晃了晃。

"祝你成功，"贾图真心地说，"希望你能过得越来越幸福。"

"现在去看看你的电影吧。"科妮莉亚轻声说。

她们短暂地相视一笑。随后贾图转过身，沿着花园的小路走向她的自行车。离开时她再次转身向后看去，但科妮莉亚家的门已经关上了。

钢琴

贾图回到家时，家里一片漆黑。父亲卧室的灯已经熄灭了。当然，即使它开着，贾图也不会去找他。她洗了一个漫长的热水澡，用搓澡巾把自己擦得浑身通红。随后她走进自己的房间，把羽绒被扔到支撑梁上，坐在上面，整个人向后靠去，看着窗框上空荡荡的蜘蛛网。或许那只十字园蛛正潜伏或沉睡在窗台的缝隙中；又或许它已经死了，留下的网只是一段记忆的证明，一个难以清理的残物，一个死去的生命曾经的家。贾图被这个念头吓了一跳，不禁打了个哆嗦，似乎这样就能摆脱这个怪异的想法。

科妮莉亚的身影浮现在她的脑海中，她想起科妮莉亚坐在亡夫床边的景象，又想起弗朗西斯说过，如果没有他们，科妮莉亚一定会很寂寞的。他们——**一个失魂落魄的男人，还有一个满腹怨气的孩子**。这真是莫大的悲哀。自己不是一直都觉得科妮莉亚是个烦人精吗？一个烦人精的伤心事为什么会牵动自己的情绪？为什么她终于摆脱了科妮莉亚，却感受不到丝毫解脱？

　　贾图把头转向床头柜，看到了母亲的照片。但此刻她只觉得羞愧难当，于是把照片倒扣在了柜子上。

　　你并不懦弱——刚才科妮莉亚这样说。

　　科妮莉亚错了，贾图懦弱极了。

　　第二天清晨，贾图从支撑梁上醒来。她半躺半卧、头痛欲裂、屁股抽筋，脸上还不知怎么添了一道巨大的印痕。她伸了个懒腰，懒洋洋地走出房间，瞥了一眼镜子里皱巴巴的自己，然后走向了厨房。

　　贾图径自煮了咖啡，但还没等喝完，就大步流星地走出家门，骑上了自行车。她现在只想见肥仔一面，其他什么都不想做。

　　贾图经常给电影院的正门拍照，但她几乎不看镜头里的画面。事实上，在相当长的一段时间里她一直在想，拍下这些照片是否真的有意义。不过她永远都猜不透卡诺女士的想法。

在走进电影院的那一刻，贾图就觉得有些东西变了——爆米花机和柠檬水壶都空了。突然，她心中升起了一种预感：卡诺女士已经离开，而且再也不会回来了。这时，她看到影厅的门缝里透出一丝光亮。她急忙跑进去，在银幕前发现了卡诺女士的身影，这让她长出了一口气。此刻，银幕上已经投映出了肥仔的家。

"你来了。"卡诺女士似乎并不意外。

"这是怎么了？为什么整个影院都空了？"

"我到此结束了，贾图。是时候该回家去了，我会待在那儿，不再回来了。"

贾图茫然地张大了嘴巴。

"你到此结束了？**现在？！**那我呢？肥仔呢？"

"肥仔和你都会没事的，相信我，"卡诺女士笑了笑，"我要再带你到我的回忆世界一趟。我还有最后一件事要做，然后就结束了。到时你就会明白所有的一切。"

卡诺女士对贾图露出了微笑，但笑意并没有到达眼底。贾图直直望着她的脸，她的脸转向了银幕，柔和的光晕洒在她的鼻梁上。这张面孔让贾图无端地感到安心。她想，就在刚才，她已经爱上了肥仔，当然还有卡诺女士。

对她来说，电影院已经变成了一个像家一样温馨自在的地方。

"为什么……怎么会……"贾图结结巴巴地开口，既愤怒又自责，甚至感到莫大的绝望。

"相信我。"卡诺女士又对她说出了这句话。

但这一次贾图摇了摇头。"你太自私了，你只想着你自己。"她叹了口气，连脾气也发不出来了，"我甚至不知道你是谁，你到底想干什么。现在你要走了，而我都不知道这一切都是为了什么。"

卡诺女士朝她伸出了手："我是谁完全不重要。相信我，这并不重要，真的。走吧，肥仔在等着呢。"

肥仔，对，她还想再次见到肥仔，贾图想。于是她低下头，看着卡诺女士伸出的手。

"把眼镜摘下来。相信我，贾图。"

贾图把手交到卡诺女士手里，与她并肩跨进了银幕中。

"嘿！袜子小姐！"贾图走出白雾，远远就听到肥仔的喊声。男孩朝她挥了挥手，将一个纸箱夹在腋下，朝她走来。贾图站在花园门口，盯着肥仔的身影，心里既高兴又难过。

"嗨，肥仔！"贾图勉强地笑了笑。

"你好，卡诺女士！"肥仔对卡诺女士打了个招呼，后者在门口站了片刻，朝肥仔挥了挥手就走开了。

在看到肥仔的一瞬间，贾图就想告诉他这将是他们最后一次见面，但她怎么也说不出口。

"箱子里装的是什么？"她努力让自己想些别的事。

"是飞机。"肥仔说着，从纸箱里拿出一架塑料飞机模型，递给贾图。

"看，"他自己手里也拿着一架飞机模型，在空中挥了两下，"如果你在阳光下眯起眼睛看，就会发现这个模型做得很逼真。你只需要模仿飞行的动作，它就能成为一架真正的飞机了。我们假装现在遇到恶劣天气，强气流从机翼上方呼啸而过。"

就在这时，空中有一滴水珠重重地落在了肥仔的飞机上。

"看来我们根本不需要假装。"贾图说。

"快，袜子小姐，快抬头看天空！"肥仔兴奋地喊道，"快拍照啊！"

贾图抬起头。头顶的云层像一块块磁铁一样相互吸引、排斥，不断拉扯。太阳的光芒在刹那间被云层遮盖住，似乎转瞬就从白天来到了傍晚。贾图举起了相机，生平第一次拍下了一张震撼人心的照片。下一秒，暴雨倾盆而至，四周狂风大作，疯狂地拉扯着树木、掀翻了自行车和栅栏。装满飞机模型的纸箱差点被一阵风掀到空中，幸好肥仔及时将它紧紧抱住。他们迅速跑进屋里，透过前门的玻璃向外望去，黄豆大的水滴砸在草坪上，噼啪作响。

"来一局《真人快打》吗？"肥仔问。

"你的神功练成了？"

"噗，对付你还用不上。"

贾图微笑着盯着他："你是认真的吗？你赢过我多少次来着？让我想想……哦，对了，一次！"

"别太嚣张了。我最近练熟了一个新角色，能把你揍得灵魂出窍，走着瞧！"

"你以为我会怕吗？"

"来吧，这次我一定会让你尝尝我的厉害！"

贾图跟着肥仔走进客厅。太不可思议了，贾图想，本来她的心情那么糟糕，但只要和肥仔在一起，所有的烦恼就完全消失了。她甚至不需要对肥仔说什么，一切令她头痛的负面情绪就烟消云散了。如果以后再也见不到他，她不知会有多难受。她又想到卡诺女士对她说的话，到时她就会明白所有的一切，肥仔和她都会没事的。但贾图知道自己会非常想念他，这个事实又让她再次感到难过。

很快她就摇了摇头，甩掉了这些不开心的情绪。现在还不是伤心的时候。

"给你，袜子小姐，"肥仔递给她一个遥控器，"准备好成为我的手下败将了吗？"

"放马过来吧，小胖墩。"

他们盘腿坐在电视机前的地毯上，被房子周围震耳欲聋的雨声包围着，一直玩到拇指发痛、喉咙发酸。突然，楼上传来嘎吱一声巨响。肥仔一跃而起，看向贾图的目光中闪烁着兴奋的光芒。

"天花板……"他说。

"天花板？"

"快来，到我房间去！"

贾图跟着肥仔上了一层又一层的楼梯，直到来到房顶的一个大房间。这间阁楼的屋顶一直倾斜到地面。房间里堆满了衣服、漫画书、木制小雕像、装着树叶和树枝的玻璃瓶，还有至少上百架飞机模型。角落里有一张床，床头放着一盏球形灯。天窗下面是一张书桌，上面摆着胶水、钳子和一台旧显微镜。墙壁上挂着各种奇怪的发明、机器人和复杂的结构图。

"哇……"贾图忍不住感叹，"你的房间也太宽敞了吧！"

"是啊，我也这么觉得。"肥仔赞同地点头，"谢谢夸奖。"

天窗外每隔几秒钟就会亮起耀眼的白光。支撑梁在雷声中砰砰作响。屋外，大雨肆虐，雨声震耳欲聋。疾风卷过朦胧的水雾，把水滴像黏土一样揉成一团，或抛向天空，或砸在窗户上溅起水花。

"不过刚才的巨响是怎么回事？"贾图问。

肥仔指了指屋顶的角落。贾图看到那里鼓鼓囊囊的，就像市场摊位上的防水油布。屋檐下，漏进来的雨水滴滴答答地落进锅碗瓢盆里。

"都这么严重了，你们不该做点什么吗？"贾图问。

"是该修的，但我爸爸又懒又笨。这个房顶已经漏水有一段时间了。"

贾图这才看到，在肥仔房间的正中央，放着一架钢琴。

"天哪，你有一架钢琴！"她情不自禁地喊，"我家里也有一架。"

"哦，那个笨重的东西，"肥仔撇了撇嘴，"它必须得从天窗吊下来才能放进家里，但是这东西太大了，没法通过阁楼的门，所以就一直在我房间里放着，都差不多被人遗忘了。我妈妈以前经常弹它，但自从我们住在这里后就没再弹过了。"

"你会弹琴吗？"

"完全不会。"肥仔摇了摇头，"你呢？"

贾图下意识地想说自己也不会，但转念一想，她听到过父亲演奏的音乐，也看到过母亲在公园的舞台上演奏那首乐曲。她多少能弹出一点。

"一点点。"于是她回答。

"快弹给我听，大钢琴家！"

贾图坐在琴凳上开始了演奏，起初还有些犹豫，但当她看到肥仔下意识地张开了嘴巴，听得如痴如醉时，她自己也沉浸在了音乐的世界。她只会弹这一首曲子，但这已经足够了。这首曲子既包含着对逝去事物的怅然，又隐含着对未来的期许。如果不是因为天花板的防水布突然破了，屋顶的积水像潮水一样涌进来，她可能会一直不停地弹上几个小时。

贾图震撼地看着巨大的水流把楼梯变成了瀑布，冲垮了墙壁。她的双脚泡在水里又湿又热。阁楼的房间似乎整个消失了，在她四周只有各种各样漂在水上的东西，还有面前的钢琴。咆哮的狂风撕扯着乌云，雨水从四面八方涌来。在一切喧嚣中，肥仔只是站在那里，用玻璃般的眼睛仰望着天空。

"哇！"他朝头顶发出惊呼。

"看来你得搬家了！"贾图在雨声中喊道。

就在这时，一道闪电照亮了两人的面孔，疾风忽地将肥仔所有的飞机都掀到了空中。它们像羽毛一样朝四面八方飘散，在狂暴的风中越飞越高。一个个小小的身影穿梭在乌云中，格外显眼。

"天哪！"肥仔又惊叹了起来。

"看，肥仔！它们现在像鸟儿一样！"贾图喊。

"继续弹，袜子小姐！"肥仔笑了起来，"这首曲子太应景了！"

在纷飞的飞机模型中，贾图又坐下来开始了演奏。有那么一瞬间，在雷雨交加的闪光中，她隐约看到天空中出现了一条巨大的裂缝。一条粗糙的黑线将天空一分为二，当闪电把一切照亮时，它仍然保持着深深的黑暗。贾图知道那是什么，但她想当作没看见。嘈杂的风、肆虐的雨水和指尖流淌出的音乐让她陶醉。仿佛她既置身于海上的暴风雨中，又躺在温暖、寂静的茧里。

贾图忍不住看向肥仔。此刻，男孩像魔法师那样，向天空张开双臂，带着傻兮兮的微笑，做出呼风唤雨的样子——当然，他是一个长着 X 型腿的胖乎乎的魔法师。第一次，贾图觉得自己与肥仔的心真正连接在了一起。

黑色的裂缝再次划开明亮的天空。

不。再等等，再等等。贾图睁大了双眼，努力把一切都深深刻印在眼底，永远记住。天空上飞舞的塑料飞机，破碎的屋顶和被"洪水"淹没的阁楼，她的魔法师朋友肥仔，成千上万地飞溅在钢琴漆面上的水滴。这一刻，贾图的眼睛像照相机一样，将那些飞溅的水珠无限放大，一时间，面前只剩下溅落的水珠和钢琴的黑漆。突然间她就意识到了自己在看什么。他们家房间里钢琴上的那些灰色斑点根本不是科妮莉亚的清洁剂造成的——它们都是过去留下的痕迹，它们是今夜的暴雨造成的。

这架钢琴正是摆在她家里的钢琴——她父亲的钢琴。

贾图再次看向肥仔，脑海中的万千思绪不停地碰撞。恍惚间贾图明白了这一切意味着什么，可她没有时间了。又是一声炸雷，她清楚地看到头顶的裂缝变得越来越大，几乎遮住了半边天，仿佛要把整个世界吞没。

突然，卡诺女士的身影出现在楼梯间，她喘着粗气，和贾图一样浑身湿透。

"快过来，贾图！"她紧紧抓住楼梯的扶手，焦急地喊，"我们没有时间了！快走！"

贾图看了看卡诺女士，又回头看了看肥仔，他似乎已经忘记了所有的人和事，还沉浸在魔法师的身份中对着天空念念有词。这一刻，贾图的脑袋飞速旋转，几乎无法产生完整的念头。她唯一记得的就是卡诺女士曾告诉她，这是她最后一次见肥仔，而这个男孩正站在自己面前，快乐地沐浴在暴风雨中。贾图从钢琴后面一跃而起，跑到肥仔身边，紧紧地抱住他，短暂而坚定。

"我们得走了，孩子！"卡诺女士的声音再次从身后响起。

"再见，肥仔。"贾图说道。

"你**现在**就得走了吗？"肥仔难以置信地问。感觉到女孩的身体贴着他，他才从魔法师的身份中抽离出来，惊讶又失望。

"是啊，我现在得走了，而且我们很长一段时间都不会再见面了。"

"怎么会这样？"

"快点！"卡诺女士厉声催促。

"我没办法向你解释，但我很久都没办法再回来了。"

"好吧……我没意见……"肥仔苦涩地点了点头，"那就后会有期了。"

贾图放开他，冲向瀑布般的楼梯。她头也不回，跟着卡诺女士跑下楼梯，跑出房子，跑进花园，与此同时，周围的一切开始变得越来越虚无。明亮的闪电不再亮起，所有的光线都被那道黑色的裂缝吞噬。时空裂缝像张开的大嘴一样向她们笼罩而来。周围浓重的黑色把贾图吓坏了，她忘记了奔跑，大张着嘴巴动弹不得，徒劳地看着黑色占据了她周围的世界，看着一砖一瓦、一草一木是如何被吞噬进时空裂隙消失殆尽的。

"贾图！"卡诺女士的声音让她回过神来。

贾图来不及反应，只觉得一只手用力地拽住了自己的手臂，力道大到她几乎脱臼。随后她一头栽进了回忆世界边缘的白雾中。

阁楼上的纸箱

贾图气喘吁吁地坐在银幕前的地上，茫然无措。面前黑洞洞的银幕宛如刚才几乎吞噬她的时间裂缝。回忆世界里的风暴似乎透过银幕，咆哮着闯进了她的脑袋，把她所有的思绪搅得四分五裂。

卡诺女士坐在她身旁，虽然没有她那么无助，但同样气喘吁吁。

"怎么样，"她问贾图，"现在你明白所有的一切了吗？"

卡诺女士的声音瞬间把贾图唤醒了，她忍不住发出惊呼："难道，肥仔……肥仔就是我爸爸？！"

卡诺女士点了点头，似乎松了一口气。

"我还怕你没明白是怎么回事呢。"

"这太可笑了！"

"怎么可笑了？"卡诺女士问。

"你从头到尾都知道！只有我被蒙在鼓里。"

"是的，我知道。"

贾图看着卡诺女士，用力皱起眉头，想让她明白自己并不满意这个答案。

"跟我来吧。"卡诺女士叹了口气，没有再多说什么，起身走出了影厅。贾图慌忙站起来，跟着她穿过旋转门，爬上楼梯，来到放映室。卡诺女士打开了地上的黑盒子，从那里面把肥仔的飞机模型拿出来，递给贾图。

"你家的阁楼上有个纸箱。"她望着贾图疑惑的脸，平静地说，"里面装着这个。"

贾图盯着那架模型看了好一会儿，脑子里依然思绪万千。她想起了在秋天，在那片"不存在的草坪上"，她曾强烈地感觉到有人在盯着自己。然后，她蓦地打了个冷战，想到了有黑影闯进她家的那个夜晚。

"那晚在我家的人是你吗？"

"是我，我就是为了找这个纸箱。"

"可是据我所知，我们家的阁楼里没有这样的纸箱，"

贾图说,"更没有这个飞机模型。"

"当然有,"卡诺女士回答,"你还得再仔细找找,看看那些平时注意不到的角落。"

贾图盯着卡诺女士看了一会儿,留意到她的嘴角露出了一丝微笑。

"你是说,低头看看脚下……"贾图说。

"没错。"

"跑进科妮莉亚家的那个人也是你吗?"

"对,是我。"

"你去那儿干什么了?"

"找一张照片。"

"科妮莉亚的照片?和她的回忆有关?"

"你猜对了。"

"所以你知道科妮莉亚发生过什么事?"

"是的,我本来想拿出来给你看的,但科妮莉亚抢先了一步,虽然我并不认为这是她的本意。"

"但你是怎么知道这一切的?又为什么想让我知道这些?"

"如果我现在不告诉你,你很晚才会明白,到那时一切就太迟了。我不愿看到你像大多数人一样虚度光阴。"

"可是……"贾图看了看手里的飞机模型,"这些都跟

190

你无关啊！这是肥仔、我和我爸爸的事！"

"你说的对。"

"所以**你**这样做到底是为什么？"

"我只是带你看了一些你本来无法看到的东西。"

"但是**为什么**？！"

"我相信你总有一天会明白的。"卡诺女士低头看了看手表，"现在我该走了，已经有点迟了。你现在应该赶紧去阁楼找那个箱子，而不是在这里跟我浪费时间。"

"可是……"

"好啦，你应该没有事情要问我了。现在我们各自都有急事要去做。"

卡诺女士走下楼梯，又回过头看了贾图一眼。

"可别再跟踪我了，真烦人。"

随后她就径自离开了，穿过大厅，走出了电影院。

贾图盯着手里的飞机模型，努力整理自己的思绪，但脑子里的风暴仍在肆虐，把一切都纠缠成一团乱麻。有趣的是，在混乱的风暴中，只有一种情绪格外清晰地刺激着她的神经——那就是愤怒，对她父亲的愤怒。她好不容易有了一个和她心意相通的朋友，他却变成了那样一个懦弱颓废的失败者。于是她努力把纷乱的杂念抛到脑后，强迫自己行动起来。她跑出放映室，跑下楼梯，夺门而出，以最快的速度用力蹬着自行车往家骑去。

幸好家里一个人也没有。贾图宁愿现在遇到科妮莉亚也不愿意碰见父亲。她焦急地跑上楼梯，从房间里拿出一把椅子，把椅子放在楼道的活板门下，然后一把把门拉开。随着吱吱嘎嘎的响声，一个阁楼爬梯出现在她面前。

贾图双腿颤抖着往上爬去，钻进了昏暗的阁楼。她已经很久没有去过阁楼了，陌生的感觉让她仿佛进入了一个隐秘的世界。然而这个世界其实并不属于她，她只是一个闯入者。阁楼确实和她印象中一样空荡荡的，除了几堆木板什么也没有。几缕光线从屋顶木板的缝隙中漏进来，映得轻薄的窗帘熠熠生辉。

在黄黑色的木地板上，贾图清晰地看到一串脚印从入口处一直延伸到铺在书架上的防尘帘处，而在这些架子之间隐约露出了纸箱的一角。贾图爬过去，把纸箱从书架间拿出来，看到上面用羽毛笔写着一个名字：肥仔。

在揭开盖子时，贾图的手不可抑制地微微发抖。她几乎认出了箱子里的所有东西：机器人的设计图，肥仔的相机、游戏机，甚至还有一张自制的中国地图，上面画着一条火车轨道。虽然贾图在打开盖子时几乎没有期待能看到别的东西，但此刻，她的手颤抖得更加厉害了。明明现在离她上次在肥仔家看到这些东西才过了不到一个小时，但在这个布满灰尘的空阁楼上，她感觉这些物品带着非常陈旧的记忆。而事实上，它们的确是。除了前一段时间卡诺女士偷偷闯入之外，也许已经有几十年没有人见过它们了。

贾图把手里的飞机模型放进纸箱里，想要盖上盖子，把纸箱重新放回去。就在这时，她留意到纸箱边缘塞着一个信封。

上面写着：卡诺给贾图的信。

于是贾图把箱子放回地板上，一屁股坐在纸箱旁边，用仍在颤抖的手打开信封，拿出一张照片。照片拍摄的是肥仔家的电视，上面正播放着肥仔在荒地上的录影。背面写着些什么：

亲爱的贾图：

总有一天你会知道我是谁的。要是你连这都猜不到，你可就不是我心目中那个聪明的、酷酷的贾图了。但无论如何，希望你可以保持好奇心和执着，在未来的某一天里，你会在自己的道路上再次与我相遇。你也会像我一样去帮助那些在过去经历过痛苦的人们。

到那时再谢我吧。

就像我说过的，并不是所有的事情都能回头，如果你不好好珍惜，总有一天会悔不当初。对我和我父亲来说已经太迟了，但你还有时间，你还年轻，能做的事情还有很多。

如果你想念小肥仔了，别哭，你现在已经知道去哪儿能找到他了不是吗？就算没有我的电影院，他也一直在你的身边。所以，你还在等什么呢？

是啊，你还在等什么呢，贾图？她轻声问自己。

她想起自己第一次去电影院时，在那里打扫了一天的卫生，修修补补，疯狂地擦洗和劳作，但仍然精神抖擞。那时的她充满干劲，以为一切都会变得不一样。

一切**确实**变得不一样了。简直是天差地别，但和她想象中的样子截然不同。

她把照片放回信封，又把信封放进口袋。

但到底有什么不同呢？

你能做的事情还有很多。

也许我根本就什么也不想改变，她想。

"你还不知道吧，卡诺女士？"贾图厉声说道，"我爸爸是个颓废冷漠的可怜虫。"下一刻她想到了肥仔，于是轻声补充道："变成了颓废冷漠的可怜虫。"

贾图在满是灰尘的阁楼里坐了一会儿，呆呆地望着前方。很久之后她才低下头，仔细检查着箱子上的字母。这些字母是肥仔用成千上万个蓝色、紫色和黑色的小斑点画出来的。他一定为此花了很大功夫。她想象着肥仔在阁楼的书桌前弯着腰，沉浸在自己的世界中，把无趣的人和事隔绝在外。

"小胖墩。"贾图忍不住叹了口气。

她站起身，抱着纸箱走向阁楼的活板门，走下了楼梯。她的内心格外平静，仿佛纷乱的心绪一瞬间被温柔的手抚平。关上活板门时，她的手已经不再颤抖了。

这时，卧室的方向里传来了苏乞儿哼哼唧唧的声音。

"是吧，小蠢猪，"她对苏乞儿说，"你也不会相信的。"

她把纸箱搬到父亲的卧室，放在床的正中间。

让我们拭目以待吧，她想。

随后贾图回到自己的房间，把苏乞儿从笼子里抱出来，坐在床上。

"真难以置信，是吧，苏乞儿。"

她再次从口袋里拿出信封，把照片取出来。

到那时再谢我吧。

"你到底是谁，卡诺女士？"贾图对着照片自言自语。

贾图的父亲

  贾图是被前门传来的一声巨响惊醒的。她睡眼惺忪，因口水打湿了枕头而口干舌燥。透过窗户，她看到外面的天已经完全黑下来了。她猛地站起身，腿上传来一阵轻微的刺痛。贾图轻声痛呼着低下头，发现苏乞儿正在自己脚边叼着一张纸。

  "蠢东西！"她惊愕地大叫，"那可不是吃的！"

  她从苏乞儿的嘴里把卡诺女士留下的照片抢救出来，又把兔子放回了兔笼里。一进笼子小东西就开始在食盆里撒尿，嘴里还发出咕噜咕噜的声音。

  贾图没有再搭理它，而是警觉地竖起了耳朵。她听到了楼下父亲走进厨房的脚步声，钥匙放在桌面上的咔嗒声，水龙头打开的哗哗声。随后又有脚步声进入客厅，接着是沉闷的脱鞋声。再然后，楼梯上传来了极轻的脚步声。贾图挪了挪屁股，以便能透过门缝看到楼梯间的情况。

她看到父亲从门缝前走过，听到脚步声渐渐消失在卧室门口。四下又一次恢复了寂静，再也没有任何声响传来。

贾图甚至连五分钟都没坚持住，她光着脚，悄悄走到父亲的卧室门前，把门推开一条缝隙，透过门缝暗中观察。她看到父亲弯着腰站在床前，一动不动，像一个石化的巨人，双臂僵硬地挂在颀长的身体上。贾图隐约能看到他侧脸的轮廓，但从这个角度根本看不清表情，只知道他一直盯着床上的纸箱。几近静止的景象持续了很长时间，久到贾图开始怀疑她的父亲是不是真的变成了一尊雕像。她插手父亲过去的记忆是否会导致一些非常奇怪的事情发生，让父亲的所有细胞都陷入时间的旋涡，永远变成一尊人形雕像？然而就在这时，父亲突然把手移到了盖子上。他迟疑又缓慢地打开了纸箱，似乎害怕箱子里会爬出一窝狼蛛。

当看到纸箱里的东西时，他脸上的表情终于发生了一些改变。这种微妙的变化贾图也说不上来——没有肌肉抽搐，没有眼皮或鼻孔抽动，既没挑眉，也没吸鼻子，更没有叹气，但他脸上的一切都与刚才截然不同了。

父亲挨着纸箱在床上坐下来，开始一件一件地取出里面的东西。

他摇了摇头，又点了一遍，张张嘴，然后又闭上了。

这样的动作重复了好几次。

最后，他又一动不动了，陷入了长久的沉默。

"是啊，"贾图听到他惊讶地自言自语，"肥仔。"

贾图冒着被发现的风险从门缝钻进房间，把自己紧紧贴在墙上，像挂在钩子上的浴袍一样一动不动。

起初她觉得父亲完全没有注意到她，直到他头也不抬地突然问道："你是从哪里找到这些的？"

"在阁楼里。""浴袍"出声，仍笔直地贴在墙上。

"都过去很长时间了，我差点都不记得这东西放在阁楼里了……你打开看过了吗？"

"你觉得呢？"

第一次，父亲抬起头来直视着贾图的眼睛。他的目光带着些许犹豫，让人很难与他对视。但**此时此刻**他的目光就落在她身上，这令贾图震惊不已。

"这就是我。"父亲对着盒子点了点头，似乎连他自己都难以相信自己在说什么。

"你都忘了吗？"贾图问，"你都忘了以前的你不是这样一个可怜虫了吗？"

父亲看着她。"是啊……其实……你说得没错。"他在箱子里上下翻了翻，"我都忘了有这个纸箱的存在了。事实上，我都快忘了肥仔是谁。其实那时候我活得很快乐。"他一边说着，一边把目光转向箱子，小心翼翼地拿出了些什么，脸上的表情明明灭灭："看看这个，这是我的相机……有时候我会把它放到没人的地方录一整晚。"

"你会专门找一个人烟稀少的荒地，拍下一些其他人都注意不到的事物。你曾经问过自己，是不是如果你没能拍下它们，就没有人能证明这些东西曾经存在过。"

父亲震惊地看向贾图。

"这也没什么特别的。"贾图装作漫不经心地说，但她马上就后悔了，事实上她觉得父亲这个想法太酷了。她把自己从挂钩上"摘"下来，向父亲走近了一些。与此同时，父亲从箱子里拿出了塑料飞机模型。有那么一瞬间，他好像要从床上跳起来，拿着飞机在房间里跑来跑去，就像肥仔曾经那样。但最终他仍是坐在床上，把小飞机放在自己的腿上。他已经不再是肥仔，而是她疲惫不堪的父亲。

"以前我有几百个这样的飞机模型，"他又一次开口，"都是我自己亲手制作并刷上油漆的。有一天傍晚，一场暴雨冲破了我家的屋顶，吹走了整个阁楼以及我所有的飞机。第二天我爬了二十多棵树才把它们都找回来。"

突然，他停住了，似乎想到了什么让他大吃一惊的东西。

"袜子小姐……她当时也在那儿……我都快忘了。"

他的眼中闪烁着光芒。

"她告诉我她来自未来。于是我骗她说我的爷爷是个在中国的白人武僧，想看看她会不会相信。"

父亲定定地看着贾图。有那么一瞬间，贾图以为他会认出自己就是袜子小姐，然而片刻后他就移开了目光。沉默在房间里持续了很久。贾图觉得父亲的思绪一定还停留在那个夜晚，阁楼被冲毁，所有的飞机都像鸟儿一样飞上了天空。他应该能猜到的。他应该能猜到自己今天下午在**哪里**，回到了**多久前的过去**，还有她是**谁**。然而父亲没有。贾图意识到，对父亲来说，这段记忆已经过去了太长太长的时间。在这段时间里，他长高了，变瘦了，也变得悲惨颓唐。

"那天傍晚她还为我弹了钢琴，"父亲沉默了很久突然说道，"就是我们家客厅这一架。听起来很不可思议，对不对？她弹的曲子我喜欢极了，所以我把它背了下来。这是我唯一会弹的曲子。我很喜欢袜子小姐……我想我们是彼此唯一的朋友。那时候的我们都像傻瓜。"

你才是傻瓜！贾图想要反驳，又及时咽了回去。笨，她想，你脑袋一直都不太好使。

她想起了刚刚在回忆世界里被她抛弃的肥仔。她也不想离开他，可她无能为力。肥仔再也见不到她了。现在，她可以怨恨父亲对自己的不闻不问，但至少他还在自己身边，没有突然消失得无影无踪。带着这样的思绪，贾图端详起父亲，第一次发现了一些他与肥仔的相似之处。他们有着同样上扬的嘴角，当时看起来是那样狂妄自信，现在却显得顽固不化。他们的眼神中都带着一点羞涩意味，当时暗藏狡黠，而现在灰败无神。

父亲也对上贾图的目光。他定定地看着贾图，目光愈发深邃，似乎正缓慢而坚定地意识到了什么。贾图从他的眼神中看出他脑海中的迷雾正在渐渐散去，这让她有点不太习惯。她也不喜欢这种洞悉人心的凝视。父亲的目光似乎在钻进她的身体，把她的皮肤一层一层剥了下来。

"怎么了？"贾图困惑地问。

"对不起。"父亲突然开口。

"对不起？"

"是啊，可能这样说太荒唐了，但这对我们来说也许是个新的开始。"

"对不起？！"贾图愤怒地冷哼一声，"你应该知道，我根本就不在乎。"然而话音刚落，她就感到喉咙和肺里似乎有什么东西在燃烧，耳朵和脸颊也火辣辣的。别想了，她愤愤地对自己说。"再过几年我就会离开这个家，到时候我们的关系就结束了。"

"我明白。"父亲点了点头。

贾图叹了口气，父亲逆来顺受的样子让她一肚子火气无处发泄，于是更加怒火中烧。

"混蛋！"她脱口而出。

其实她很想狠狠推父亲一把，把他推倒在地。他就那样麻木地坐在那里，明明拿着承载着那么多美好记忆的纸箱，却一脸漠然，毫无生气与希望。但最终她只是气恼地摆动了几下脚尖，把双手绞在一起。

"你还会想到妈妈吗？"这句话听起来更像是责备，而不是提问。

贾图清楚地注意到父亲被自己的问题吓了一跳。他久久没有回答。

"当我弹钢琴的时候，"许久后父亲开口，"弹的就是阁楼被冲垮那晚袜子小姐弹的曲子。她很喜欢，以前我经常弹给她听。遗憾的是我一直不知道这首曲子是谁写的。我想没有人知道。"

父亲说的没错。贾图突然意识到，没有人会知道这首曲子是谁写的，也不可能有人写出它。因为那是根本不可能存在的音乐。她是从父亲那里学会的，父亲又是从她那里学会的。那么这首曲子究竟是怎么来的？

"后来她弹得甚至比我还好了，"父亲继续说，"她是真的会弹钢琴，而我只会弹这一首。"

"你说你弹钢琴的时候会想到妈妈，"贾图开口，"但现在你几乎不弹琴了。"

"你说的对……"父亲垂下头看向地板，"我已经不怎么想到她了。这么多年过去，我早就变成了另一个人。"

他小心翼翼地看着贾图，似乎害怕面对她。但贾图只是严厉地回望着他，并不想让他好过。

"是因为她死了吗？"贾图问道。

"什么？"

"你一直沉浸在你自己那个愚蠢的世界里，你已经把妈妈忘了。"

"如果我真能把一切都丢到脑后就好了，但这样对你妈妈不公平。我曾经想过让自己永远沉沦在那个她还没有离开的世界，但每当我想放弃时，她的声音总是会在我脑海中响起。'哈罗德，坚持下去，你的生活还有无限希望。'她在世时总是这样对我说。我还记得她恳切的声音和脸上挂着的笑意。但那时我没有听进去她的话，一次都没有。在她去世之后，是啊，我很快就开始逃避。我以为这样做会让自己好过些。也许我根本就是想要忘掉你妈妈，毕竟每当想起她我就会痛彻心扉。"

这是贾图第一次听到父亲的嘴里说出"你妈妈"这个词，听起来很别扭，就像一只狗发出了猫的叫声。

"所以到底发生了什么？"她问，"肥仔去哪儿了？"

这个问题似乎像一块挂在父亲脖子上的巨石，瞬间将他整个人拉到水中，拉到他内心深处，拉到了他不愿回忆的过去。贾图看到父亲的眼神渐渐变得忧伤，感到心口似乎被什么东西刺了一下。她几乎立刻想走上前紧紧抱住他，抱住她这个软弱又愚蠢的父亲。但与此同时，她的身体又因这个出乎意料的想法而变得僵硬。

"你应该问还有什么是**没**发生的。"父亲似乎终于找回了他的声音，"责任，越来越多的责任，即使大多数时候都是为了那些错误的、微不足道的事情，但一件一件的琐事还是压得我喘不过气。我越来越忙，渐渐变得懒惰、迷茫、失望。无数负面情绪从四面八方涌来，让我的脑子里充斥着嫉妒和后悔。就这样，我一天天地长大，然后变成一个连自己都难以忍受的丑陋的人。我并不想为自己开脱，但事实上，想要美好地变成一个大人是很难的。"

"也没有你说的那么难吧？"贾图轻声说道。

"就是这么难，"父亲回答，"很多人随着年龄的增长，会变得越来越懦弱，越来越懒惰。他们不是懒得努力工作，而是懒得去追求自己的梦想，甚至懦弱到不敢承认自己有过梦想。然后，不管你愿不愿意，你终将会裹足不前，就像一杯被岁月稀释的柠檬水，变得寡淡无味。"

贾图无言以对。她站在床头，沉默在两个人之间持续了许久。

她想起了小时候的肥仔，他逐渐在岁月的冲刷中失去了自我。而现在坐在床上的这个老肥仔失去了挚爱的妻子。她又想到了失去母亲的自己，甚至想到了失去了丈夫的科妮莉亚。她不知道现实是否真如她想的这般残忍：每个人都终将失去一切。

贾图想起科妮莉亚对她说过决定换一个地方重新开始。科妮莉亚不再止步不前，放任自己失去更多，而是重新寻找幸福。这真的很勇敢。

"你知道科妮莉亚要搬家了吗？"她问。

"知道，"父亲回答，"她已经辞职了。"

"是啊。"

贾图点点头，随后又是一阵沉默。

"她要走了，你觉得怎么样？"

"当然，没有人做家务和带孩子是有点不方便……"

"但你对她这个人有什么感觉？"贾图听到自己的声音突然怪异了起来：既不情愿，又带着些许期待。

"什么意思？"父亲反问，"不管怎么说，我没有你那么讨厌她，虽然你有时候会希望我跟你站在同一战线上。但说实话，我从来没有对她产生过其他想法。"

也许你应该对她有些想法的，贾图想。不过最终她没有说出口。一想到在替科妮莉亚说话，她就不自在极了，她可一点也不想成为科妮莉亚的拥趸。如果现在让她谈谈自己对科妮莉亚的看法，她至少还能说出十个讨厌那个女人的理由。

"她的离开会让你有点难过吗？"

"当然没有！"贾图猛地拔高了声音，"只是……"

"只是什么？"

贾图耸了耸肩："没什么，只是我有点饿了。"

"饿"这个词尴尬地在房间里飘荡了一会儿，一时间让屋内的两个人都有些不知所措。

"我只会煎鸡蛋，还是煳的。"父亲略带窘迫的声音传来。

"也行，"贾图不知怎么被逗笑了，"我挺爱吃煎鸡蛋的。"

父亲也看着她露出了笑容——并不温柔，甚至没有往常那种悲伤。他只是真诚地对着贾图笑了一下。

"好吧，焖鸡蛋马上就好，"他说，"再过十分钟到厨房来吃吧。"

当贾图走进厨房时，一股令人作呕的气味立刻扑面而来。她本来饿得能吃下一头大象，但这股味道瞬间就让她食欲全无。父亲正在灶台前弯着颀长的身体，用锅铲在平底锅里戳来戳去。

"你还好吧？"她忍不住问。

"你会为我的手艺而震惊的。"她父亲头也不回地说道，"可能不太好吃，但肯定非常震撼。"

贾图又看了看厨房的桌子，只见上面堆满了乱七八糟的东西：一包撕开的面粉，熏三文鱼和三明治香肠，冰糖和糖浆，土豆皮，一碗牛奶和酸奶的混合物，还有一个被烧焖了壳的菠萝。

"所以你在做什么？"

"完全不知道，反正里面加了鸡蛋。"

"那这是个……套餐？"

"套餐？不不不，就是随便做点什么。"

贾图的脸上浮现出一丝连自己都难以察觉的微笑。

也许你还是有希望的，老爸，她想。

你是个懦夫吗，贾图？

　　晚上，贾图抱着被子躺在窗边的支撑梁上，呆呆地望着窗外，身后是苏乞儿熟悉的呼噜声。除此之外，周遭的一切都与往日截然不同。她想过再去一次肥仔家。她可以从箱子里拿出一架飞机模型或是一幅画，而且在卡诺女士的回忆世界中她曾拍下了很多照片。或许她可以穿越过去，警告他将来不要成为一杯寡淡的柠檬水。但她又觉得没有必要。他们之间建立的友谊是那样深厚，虽然在未来，她的父亲忘记了她，忘记了他们之间的回忆……

　　尽管卡诺女士说过她们还会相遇，但贾图深信自己永远也不会再见到她了。卡诺女士到底是谁，或许再也无从得知。

总有一天你会知道我是谁的。要是你连这都猜不到，你可就不是我心目中那个聪明的、酷酷的贾图了。

没那么酷就没那么酷好了。

最重要的是，以后她到底该怎么看待自己的父亲？

今天是她这么多年以来第一次和父亲交谈，真正敞开心扉地交谈。后来他们又一起狼吞虎咽地吃完了他做的那些像呕吐物一样的鸡蛋。虽然看着恶心，但至少不算难以下咽。当贾图风卷残云地吃光一整盘时，她明显感觉到父亲松了口气。刚刚他们一起坐在餐桌前，父亲的面孔始终没有离开她的视线。贾图注意到父亲有时会面带惊讶地望着自己。他认出坐在对面的人就是袜子小姐了吗？后来他们又聊了好几个小时。他跟贾图保证会努力改变自己，不会再像以前一样一蹶不振，他们的生活从此将会变得不同。但贾图还是觉得难以置信。然而就在刚才短短的几个小时里，他似乎真的变成了贾图心目中父亲应该有的模样，这一点他在此前的十几年中一直没能做到。明天一切就又会变回老样子吗？她真的听懂父亲的话了吗？自己长大后又会变成什么样子呢？也会变成一杯寡淡的柠檬水吗？原来被岁月"稀释"过的肥仔会变成父亲这样？她到底该怎么做才能防止自己也变成一个无趣的大人？她想起了父亲刚才说过的话：人越长大就会变得越懒惰、越懦弱，甚至懦弱到不敢承认自己的梦想，最终放弃自己，止步不前。

所以呢，贾图，她想，现在的你又好到哪儿去了？

但很快她就摇了摇头，打消了这个念头。

"不，"贾图大声对自己说，"现在的一切对我来说已经足够了。难道我就非得做点什么不可吗？为什么我就不能做一次懦夫呢？"

然而她的视线还是不可抑制地滑向了床头柜。母亲的照片正沐浴着月光躺在那里，还是正面朝下的，维持着刚才被她倒扣的样子。

与此同时，李小龙的海报正在头顶严厉地注视着她。但此时此刻，他只能从贾图那里得到一根竖起的中指。

"去你的吧，布鲁斯。[1]"她气鼓鼓地抱怨。

整整一夜，她都在支撑梁上圆睁着双眼，一直沉思到晚星的光芒开始消失。她反反复复地想着肥仔、父亲、卡诺女士和她自己。当然，一如既往地，她想得最多的还是她的母亲。渐渐地，所有的思绪和感受都让她觉得分

1译者注：李小龙出生在旧金山医院，当时在美国出生需要给孩子取一个英文名，所以接生护士给他取名为布鲁斯。

外恶心。也许科妮莉亚让她把一切都丢到井里去的胡话是对的。

突然，有什么白色的东西顺着大敞的窗户，擦着贾图的脸射进了卧室，吓得她差点从房梁上摔下来。她猛地转过身，发现苏乞儿笼子的铁栅栏之间躺着一架纸飞机。

苏乞儿平时又慢又笨，出了房间连一步都不敢挪，这一次却破天荒地径直走到纸飞机前，迫不及待地开始啃了起来。

"别动！笨猪！"贾图厉声呵斥。她从支撑梁上一跃而下，捡起铁栅栏间的纸飞机，隐约看到里面写满了字，于是把它展开，读了起来：

亨利执意让我再推你一把，或许他比我还要了解你，所以我又来了。

小懦夫，你还得进行一次时间旅行，知道吗？我想你清楚我说的是什么意思。你已经看了太多别人的故事，但你自己的电影还没有上映。今晚我就要清场了，到了明天，这个电影院里将什么也不剩。我可不想看着你对回忆上瘾，每天沉浸在电影院的银幕中，这会让我良心不安的。你要学会面对未来。所以赶紧抓住这最后的机会吧，趁现在还来得及，趁你还没后悔。哪怕只是跟你想见的人打个招呼。

卡诺

亨利是她的丈夫吗？贾图记得之前给她指路的老奶奶也有一只叫亨利的小狗。她们之间有什么关系吗？

贾图把这封信反反复复读了六遍，一直在琢磨亨利到底是谁，最终她意识到自己只是在拖延时间。除了亨利之外，纸条上显然还有更重要的内容。她的脑海中浮现出科妮莉亚踏进银幕时的画面。

"我远没有你那么勇敢。"科妮莉亚曾对自己说。

贾图转向了衣柜上的全身镜，看到了自己扎得乱七八糟的丸子头，以及穿得歪歪扭扭的衣服。她深深地看了看镜子里的自己。

"你是个懦夫吗，贾图？"她问自己。

下一秒，贾图果断地从床上弹起来，学着忍者的动作一把拽开衣柜门——动作大到自己都吓了一跳。柜门打开了，母亲的衣服就挂在她面前，似乎在等着她去拿。她可不是什么懦夫！贾图把衣服拿出来，塞进自己的书包里，然后小心翼翼地把母亲的照片放在上面。

现在，她要去看她自己的电影了。

"一会儿见，苏乞儿。"说完，她向床头的海报点了点头。

"你也是，布鲁斯。"她向李小龙致敬道。

在走下楼梯时，贾图回头看了一眼父亲的房间。他醒着。光线从虚掩着的门里透进走廊。

贾图犹豫了一下，然后走到门边，从门缝往里看去。父亲正平躺在床上，穿戴整齐，只是没有穿鞋子。他正盯着手中的小飞机，把它高高地在面前举起。

贾图摇了摇头。

被"稀释"的肥仔。

她叹了口气，最终敲敲门，走了进去。

"我没时间跟你解释，但我现在要去跟妈妈打个招呼，或者说上几句话。我想你应该跟我一起去。"

父亲面无表情地盯着贾图看了好一会儿，然后站了起来。

"好吧。"他回答。

他默默地跟在贾图身后走下了楼梯。

"我们要去哪儿？"

"电影院。我知道一条近路，你骑车跟在我后面。"

"好吧。"

他们在玄关处默默穿上了鞋，然后在黎明时分各自骑上了自己的自行车。

清晨寒风阵阵，但贾图完全不为所动，她甚至感觉不到自己的手握在车把上，也看不到周围的任何东西。她就像行驶在一条幽暗的隧道里，眼前只剩远处的一点白光，那是初升的太阳刺破地平线的锐利光芒。一切感官上的刺激让她感觉自己就像被压缩在一个漏斗里，体内的一切都在向尽头的那一点不断迫近。此时此刻，她骑着一辆摇摇晃晃的小自行车，带着父亲在世界的一角飞驰。她的心、手指、眼睛、双腿，一切的一切，包括脚趾和睫毛都在剧烈地跳动。一切思绪都在她脑海中杂乱无章地飞速运转，无数念头转瞬即逝，难以捕捉。

到了电影院后，贾图简短地向父亲解释了一些必要的事情。她听到自己的声音在说："一会儿你走进银幕的时候，会感觉像进入了一个满是食人鱼的冷水池。我们会来到照片中的那个时间和地点。如果想从回忆世界离开，就必须走进笼罩记忆的白雾中。另外，我们得赶在时间裂缝出现之前离开，因此只能在里面停留一两个小时。"

"你没戴眼镜吧？"贾图问。

"没有。"父亲回答，"为什么这么问？"

"因为在回忆世界中，戴着眼镜反而看不到任何东西。"

"原来如此。"

贾图从父亲的眼神中看出他可能比自己还要害怕。

交代完注意事项后，贾图让父亲先在影厅里等着，自己跑上楼去。她把母亲的连衣裙放进黑盒子里，又把照片推到镜头前，通过放映器变焦来寻找她想去的**那一刻**。瞬间，母亲在草地长椅上晒太阳的画面被投映在银幕上。

隔着玻璃，她听到了父亲放声大哭的声音。从上往下看去，父亲的身形是那么瘦小，与她印象中顾长高大的样子判若两人。他半躺在大厅中央的椅子上，妻子的身影在他的脸上一闪而过。

贾图的心脏剧烈地跳动着，以至于当她下楼时，眼前的楼梯仿佛都在跳动。她推开影厅的大门，径直走向银幕。

"爸爸。"她哑着嗓子，声音低沉得像是在喃喃自语。她没有看向父亲，而是直直地盯着面前的银幕，随后扔掉了眼镜。你必须走进去，贾图告诉自己，你必须马上向前迈出一步，否则将再也没有机会，也将永远都过不了自己心里这一关。

在跨进银幕时，她感受到身后的父亲牵住了她的手。

此生最疯狂的下午

透过藏身的灌木丛，哈罗德看到了一片阳光明媚的草坪，面前长椅上坐着他的妻子玛拉。她的面孔沐浴在日光下，双眼微闭，脸上挂着淡淡的微笑。

他曾经在这张长椅上给玛拉拍过一张照片，一定就是现在这一刻。他突然想起了那时发生的一切。当时他在玛拉散步时悄悄跟踪了她，想给她一个惊喜，于是拍下了这张照片。但现在他什么也做不了，只能看着她一个人坐在那里，仿佛周围的一切都不存在。玛拉和他记忆中的样子分毫不差，火热而又温柔，活泼而又优雅，是世上最美丽的人。在看到妻子的瞬间，他百感交集，无数扇窗棂时

217

在他的脑海中打开，从中涌出了他的灵魂，他的回忆，他曾经想成为的人，他的一切——一切感官和意识在瞬间回笼。玛拉的身影终于让他又一次意识到：原来自己还是个活生生的人。所有的感受不断刺痛着他，扼住了他的喉咙，让他感到濒死的窒息。但这就是本来的他，他想重新做回自己。

他当然知道自己很快就会离开这个虚幻的世界，而在这段短暂的时光里，他也只能躲在灌木丛后面，不会再靠近她半步，更不会和她说上一句话。他的余生也将没有她的陪伴，这一点不会有任何改变。

在短短的一天中，似乎一切都发生了改变，那个装着旧物的纸箱拉开了蒙在他心上的窗帘，而玛拉就是从窗外照进来的阳光。

他转过头去看了看身旁的贾图。此刻，他的女儿正蜷缩在灌木丛后面，没有戴眼镜，睁着圆圆的大眼睛，一眨不眨地盯着她的母亲，眼里充满了好奇和小心翼翼。他终于明白了所有的一切：这家电影院、时空旅行，以及卡诺女士的名字。他想起了贾图的袜子、她的相机、她的僵尸漫画，以及她对功夫的痴迷，甚至是她的手表，尤其是她的脸——那张属于袜子小姐的脸。这些记忆曾埋藏在他的内心深处，现在全部清晰地摆在面前。

像有无数紧闭的窗瞬间被打开了，阳光从四面八方射进来，将一切照得透亮。

"我会告诉你关于你妈妈的一切，袜子小姐。"他本想郑重其事地说出口，但声音颤抖得厉害，只好抱歉地笑了笑。

贾图认出面前的草坪就是母亲照片上那个地方，而此刻她自己也在这里。

几年后，两座壮观的房子将会在这块草坪上拔地而起，而现在，只有几棵老树静静地矗立着。阳光透过深绿的树叶洒下来，仿佛树冠上有一串串黄绿色的霓虹灯在清风中摇曳。而在这些古树中间，正是那片"不存在的草坪"曾经的样子，贾图几乎又一次忽略了它。因为在面前洒着阳光的长椅上，坐着她美得令人窒息的母亲。她微微颤动的睫毛、浅浅的笑容正无比真实地展现在贾图面前，让她的眼中再也容不下其他。

母亲的样子是如此虔诚和神圣，阳光透过树影落在她脸上，让她看起来仿若一个纯洁的女神。在她面前，贾图觉得自己就像一只微不足道的小老鼠。母亲慵懒地半躺半坐，双手环在自己肚子上，里面正是还没有出生的小贾图。这个画面让贾图忍不住幻想着母亲正张开双臂，温柔地把自己搂入怀中。如果不是因为太胆小，她一定会像小狗一样欢快地跑向母亲，紧紧和她贴在一起。

贾图的身旁坐着父亲。他为了隐藏自己，在灌木丛里折叠成一个尴尬的褶皱。贾图用余光瞥到了他，耳边也传来了他低沉的叹息。父女俩就这样躲在灌木丛间窥视着长椅上的女人。

就这样几乎过去了一个小时，两个人谁都没有说话。忽然间，父亲转过身来对贾图说："我会告诉你关于你妈妈的一切，袜子小姐。"

这一刻，她对父亲的所有怨恨烟消云散。

"去吧，"他接着说，"接下来的时间是属于你们的。"

"去吧？"

"你不想过去和她说说话吗？"

"那你呢？"

父亲摇了摇头："不了，贾图，我不能过去。人不能太贪心。现在这样就很好了，我已经知足了。我不愿让她看到未来的我老态龙钟的样子。"

"是啊，现在是我出生之前……"

父亲对她和蔼地笑着。换作以前，贾图怎么也不会相信父亲脸上竟然可以露出如此开朗的神情。

"是啊，这个时空里不应该有我们存在。"

"可是……"贾图还是犹豫不决。她该怎么才能鼓起勇气走到母亲面前呢?

"如果我们之中有一个人是懦夫,那这个人不该是你。"父亲接着说道。

贾图转过头,又一次看向长椅上闭目养神、面带微笑的母亲。

你是个懦夫吗,贾图?

"现在我要钻进白雾里,提前骑车回家了。"父亲的声音开始变得轻松,"待会儿告诉我你和她聊得怎么样。别害怕,她是个很温柔的人,而且非常有趣。"

"有趣?"

"是啊,她是个有趣的怪人,就像你一样。等你回来我会给你讲讲她的故事,然后告诉你我所知道的关于她的一切。"

"真的吗?"

"我保证。只要你愿意,我会经常讲给你听的。"

哈罗德费力地爬行在灌木丛间,僵硬的四肢让他真切地意识到自己的身体零件已经老去。然而,他却觉得自己的心比这么多年来的任何时候都要年轻。他感到悲痛欲绝,呼吸困难,但同时肺里又灌满了新鲜空气。无限的生机和活力萦绕在他心头，让他觉得未来充满希望。在进入白雾前，他最后一次回头看去，但茂密的灌木丛遮住了他的视线，已经无法再看到贾图和玛拉的身影。

有那么一瞬间，他似乎听到了她们的声音，但也仅仅是一瞬间。随后，一切的一切都消失在了浓浓白雾中。

"谁？谁躲在草丛后面？"

如果不是被母亲发现，贾图肯定会一直躲在灌木丛后面龟缩不前。母亲的声音在耳畔响起时，贾图整个人像被灌满了水泥一般瞬间僵住了，大脑也像年久失修的纺织机一样吱吱嘎嘎地停止了转动。

母亲仍然半躺在长椅上，没有睁眼，声音懒洋洋的。

"你是在玩捉迷藏还是在偷偷看我？"

贾图心虚地缩了缩脖子，马上意识到自己的行为看起来有多蠢。

"别躲啦，你就在那儿，我已经看到你啦！"母亲睁开眼睛，望向了贾图躲藏的方向，"出来吧。"

贾图不得不从灌木丛后面走了出来。

"你是说我吗？"

"当然了，这里还有别人吗？"

突然，母亲脸上露出了惊讶的表情："嘿，我认识你！”

贾图的心脏几乎停止了跳动。

“一年前在公园。”

“一年前？”贾图小声自语。

“差不多吧，就在灯会那天！我记得很清楚：当时你也是这样睁着大眼睛盯着我，然后就像见了鬼一样，飞快地逃走了。我敢肯定，绝对是你。”

贾图盯着母亲吞了吞口水，紧张得不知道该说什么好。

“其实你不用这么怕我的，小家伙。我又不是什么恐怖分子。”

贾图深吸了口气，努力让自己生锈的脑袋重新开始运转，她不能再像个白痴一样在这傻站着了。她努力整理好情绪，好让自己看起来不那么可怜。她又朝母亲走近了几步，但她的心似乎仍留在原地。

“其实我不是害怕你。”极度的紧张让贾图的声音听起来异常沙哑。

“你总是藏起来偷窥别人吗？”

“没有……就刚刚那一次……”

“别紧张，这没什么大不了的。我也总是坐在街头的长椅上偷看别人。我有一副颜色很深的墨镜，每次想偷看别人的时候我就戴上它，在镜片后面悄悄打量路过的人。还有……"她弯下腰，望着贾图的眼睛狡黠地说，"我还经常装睡。毕竟我现在顶着个大肚子，完全符合贪睡的形象。人们理所当然地认为我是那种走到哪儿睡到哪儿的颓废的大肚婆。但他们不知道，我正趁机明目张胆地研究他们呢。你刚才就被我骗到了吧？"

说着，她从双肩包里拿出一副墨镜戴在脸上，然后瘫软着靠在长凳上，身子稍稍放低，半张开嘴，从鼻子里发出令人厌恶的呼噜声。

贾图顿时忘记了恐惧，激动地拍起手来。

"天哪！"她的声音恢复了正常，"你真是个天才。"

"不错吧？"母亲一边说一边摘下墨镜，朝贾图眨了眨眼，"当你自己展现出可笑的一面时，别人也会放松下来。曾经有一次，有一位西装革履的绅士坐在我旁边狼吞虎咽、大快朵颐。我从来没见过有人这么风卷残云地吃东西，像饿了三天的野牛一样，最后他几乎把盘子都舔干净了。"

"不会吧！"贾图愕然。

"事情就是这样。就在他站起身想要离开时，我摘下墨镜对他说，'希望你刚才吃得开心'。当时他震撼地看着我，整个人都石化了，等他反应过来之后，立刻像只兔子一样逃走了。"

"这简直太酷了！"贾图由衷地赞叹道，"可惜我没有你这么大的肚子。"

"你没有才是正常的。你现在年纪还太小了。不过也许等你长大就会跟我一样了。真希望你到时候还记得这个点子，我强烈推荐！"

贾图看着母亲的肚子，此时此刻她的肚子里正装着另一个自己。这太荒谬了，简直像一颗定时炸弹。

"你看起来有点焦虑。"母亲指了指自己的肚子，"没什么好怕的，你想摸摸看吗？"

"怀孕会疼吗？"贾图问。

"当然不疼，虽然她经常踢我。有时候我都觉得我肚子里住了个野孩子。以后这个小姑娘肯定会把家里闹得天翻地覆的。不过她踢我的时候一点也不疼，这真的很神奇。相反，她让我感到很安心。我自己都不知道为什么，但从她来临的那一刻起，我就觉得特别温暖，就好像她在冥冥之中保护着我一样。她让我感觉自己以后再也不会孤单了。"

贾图看着母亲，又一次哽住了。

"你妈妈和你讲过她怀孕时的感受吗？"

"我妈妈已经不在了。"贾图回答，说出口的每一个字都让她感到莫大的哀伤。在自己的母亲面前说这个太奇怪了，就好像她在说一件从未发生过的事，"她在生我的时候去世了。"

母亲的脸上闪过震惊的神色。

"对不起，女士。"贾图赶紧道歉，"我太傻了，我不该说这些的。"

"不不不，"母亲用力摇了摇头，"一点都不傻。快来，到我身边来坐一会儿。"她用手拍了拍长椅。贾图犹豫了一会儿，还是隔着一段距离坐在了她身边。

"这对你来说一定很可怕吧？"她的声音带上了一点忧伤。

贾图耸了耸肩："是吧，但其实我也不太清楚。我从来没见过她，所以我不知道该怎么形容。"

"我明白的，这种情感肯定非常复杂，我完全可以想象。即使是成年人也很难克服这种情绪，更何况你还是个孩子……"

母亲把脸转向贾图，试图迎上她的目光，但贾图不敢回头。

"你不怕死吗？"贾图脱口而出。她惊叹于自己的粗鲁，后悔得恨不得把自己打一顿。然而为时已晚，话已经问出口了，好在母亲似乎丝毫都不介意。

"你是说像你的妈妈一样死于难产吗？"她问。

贾图点了点头。

母亲沉默了一会儿，似乎在仔细思考该如何说出她的答案。

"为了肚子里这个孩子，我愿意立刻献出我的生命。"她回答，"我会给她我所有的爱，我所有的一切。即使我不能在她身边看着她长大，我也会跟她融为一体，永远陪伴着她，所以我不怕死。总有一天，我的女儿也会明白。"

"你真的这样想吗？"贾图低着头轻声问。

母亲郑重地点点头："我无比确信。这个念头就像此时此地照在我脸上的阳光一样清晰。我想你的妈妈一定也有同样的感受。甚至在你出生之前，她就下定决心为你付出一切。你在你妈妈的心中，她也将永远在你心中。母子之间就是这样，你们的生命和灵魂是相通的，联结在一起永远也不会分开。"

贾图不发一言，喉咙里像被塞进了一块棉絮，酸涩无比。

"坐近些，小家伙，要不然靠在我身上吧。来吧。"

贾图缓缓朝母亲身边挪了挪，终于第一次感受到母亲身上散发出的温暖。母亲亲热地搂住了她，看了看她的侧脸，然后又望向了远方，望向春天里盎然的绿树。

"这可真是个疯狂的下午。"母亲说。

"对我来说也是。这是我此生最疯狂的下午了。"贾图轻声赞同道。

"跟我讲讲你的故事吧，"母亲接着说，"你让我对你感到好奇了。"

"你想听什么？"

"什么都行。比如你平时都喜欢做些什么，除了偷窥孕妇之外？"

"好吧，让我想想……"贾图若有所思地回答，"我喜欢给那些别人留意不到的东西拍照。我还特别爱看功夫电影，功夫大师李小龙是我的偶像。还有就是，我有一只像猪一样哼哼的兔子，它的名字叫苏乞儿。这是个武林高手的名字，他喝醉之后打拳简直所向无敌。但是我的苏乞儿不会打架，它笨笨的，智商很低。我还喜欢时光旅行，长大以后我想发明一台自己的时光旅行机。已经有人把它发明出来了，所以我觉得我也可以做到。你听说过时光旅行吗？"

母亲微笑着摇了摇头："之前没听说过，但你一说我马上就相信了。你在学校过得怎么样？"

"我的同学们都觉得我是个怪胎，但我一点也不在乎。"

"你做得很好。世界上的正常人已经够多了，当个怪胎也不错。"

贾图看向了母亲的眼睛："你说得对极了！我也是这么认为的。"

"你的妈妈肯定会为有你这样的女儿而骄傲的。"母亲温柔地笑了，"如果你是我的女儿，我会为有你这样的女儿感到无比自豪。"

长久以来没能流出的眼泪终于从贾图的眼眶里倾泻而出。从小到大贾图只哭过一次。那时她看到一个男人在街上虐待流浪狗，于是咆哮着冲了过去，极度的愤怒让她抽泣不止。但她从来没有因为觉得自己可怜哭泣过，一次都没有。然而就在这个洒满阳光的午后，在母亲身边，她的眼泪突然不可抑制地落了下来。泪水乱七八糟地爬在脸上，像喷涌的泉水。她不由自主地颤抖着、抽噎着，觉得一切不切实际得可笑。她几乎要笑出声来，但眼泪还是不停地流，无论如何也无法停止。"对不起，我控制不住……"她沮丧地喃喃自语。但母亲轻声安慰她说没关系，然后把她紧紧地搂在了怀里。

她们就这样坐了好一会儿，直到贾图的哭声终于停止，她们仍然静静地坐着，眺望着远方的树林。贾图贪婪地感受着、观察着身边的一切：母亲的温暖、母亲的呼吸、母亲的手指穿过自己头发的动作、母亲身上的味道，还有母亲那张美丽的脸。贾图在她的怀里偷偷抬头看了她好几眼，怎么也看不够。可是突然间，时间到了。远处的天空上出现了一道黑色的裂缝。用不了多久，回忆世界就会在这里停止。贾图必须说再见了。

"我得走了，"贾图轻声说，"我不能在这里待太久。"

"我明白。"母亲松开她的怀抱，点了点头。

贾图站了起来，转过身最后看了一眼自己的母亲。母亲也用盛着水光的眼眸回望着她，温柔地拭去她脸颊上几滴零星的泪水。她亮晶晶的眼睛中充满探寻、好奇、怜爱和深深的歉意。突然间贾图明白过来：她已经知道了所有的一切。

"再见，妈妈。"她还来不及思考，但话语已经脱口而出。

"再见，我亲爱的贾图。"母亲再一次对她露出了微笑，"别忘了我永远在你身边。"

这就是那个午后发生的全部。

之后的四个小时里，贾图一直坐在电影院的座位上一动不动，甚至连眼睛都没眨一下，脸上早已干涸出一道道泪痕。她几乎没有想任何事，就只是这样静静地坐着。她就只是坐在那里。

在度过了一动不动的四个小时后，贾图起身走到阳光下，脸上露出了灿烂的笑容，笑容大到脸颊上的肉被挤得生疼。

"好吧，这不是挺好的吗？"贾图喃喃自语，随即笑出了声，匆匆赶回家，期待着有生以来第一次见到一个真正的、全新的父亲。

是结束亦是开始

卡诺女士最后一次从入口环顾影院的大厅，目光落在吧台上的空柠檬水壶上。她惊讶地发现自己正为再也见不到贾图而感到遗憾。随后她立刻意识到这个想法是多么荒谬。这是一件让人难以理解的怪事，就像她生活中的许多事情一样。

卡诺女士关上电影院的大门，走进小巷。被放映机和银幕装得满满当当的行李箱在石板路上发出咔拉咔拉的声响。她的另一只手里拿着一摞厚厚的照片：那是贾图拍的电影院入口处的所有照片、贾图在电影院窗户上的倒影、厨房里的枯草、疾驰而过的火车、狂风暴雨的天空，还有两座壮观的房子，中间夹着一块不起眼的小草坪。

卡诺女士微笑着走出小巷，来到阳光下，看到回忆世界的白雾在街对面的房子后面越来越清晰。一想到亨利还在等她，她便加快了脚步，径直朝白雾走去，直到白雾把她彻底包围，带着她走出了贾图的童年世界。

老妇人抬头看了看电影院破旧不堪的外墙，卢克斯三个字已经很多年没有粉刷过了，金黄的油漆几乎完全脱落。

这时脚边的亨利叫了起来，于是她弯下腰去轻声安抚。

"世事无常令人痛苦，但世界就是如此。"她对亨利说，"没有永恒的事物，只有新的故事在不断发生。没有什么会永远存在，即使是一块石头，也会在某一天消失。"

她心里十分清楚，一切都终将成为过去，所以在签下转卖合同的时候她没有丝毫犹豫。再过几天，电影院就会被夷为平地，为新的故事让路，彻底消失，永远成为过去。

她想起了很久前初秋的那一天。她躺在两座壮观的房子间那片"看不见的草坪"上，空气中留存着夏日的余温，阳光和煦，将万物映照得熠熠生辉。一切似乎都充满了意义，让她禁不住屏住了呼吸。

她笑了起来。也许当时的场景被她美化得有点夸张，但她的记忆就是如此。

"很忧郁吧，亨利？"她对小狗说，"但你不觉得这也很美妙吗？来吧，我们回家吧。"

贾图从来没想过自己有一天会因为父亲过于开朗而感到有点难堪。在机场，他一刻不停地走来走去，向工作人员开着恶趣味的玩笑，而工作人员只能对他报以尴尬的微笑。

在飞行过程中，父亲再三向她保证，他会在父女二人第一个真正的假期里向她展示他全新的一面。他还在电话里不断拍老板马屁，试图通过溢美之词"巧妙"地为自己临时请假的行为找到一个合理的借口。贾图闭上眼睛，仿佛能听到肥仔在耳边说话。

她想起了卡诺女士和他父亲度过的那个无聊的假期，并确信这种事不会在自己身上发生。

"你的爸爸要回来了，贾图。"在短短三个小时的旅程中，父亲说了三百多次。

"好了，我已经知道了。"贾图忍不住要笑，"咱们安静地看一会儿窗外吧。"太神奇了，她竟然能这样跟自己的父亲说话。不过话又说回来，她生活中神奇的事也不止这一件。

比如跟父亲一起看功夫电影，并且发现父亲比她还痴迷中国功夫。这种感觉怪极了。

最近还发生了另一件贾图无法解释的怪事：科妮莉亚从马尔代夫寄来了明信片。她在信中写道，希望他们也过得很好。更诡异的是，贾图竟然和父亲一起寄了回信，说他们一切都好，还说想念科妮莉亚做的饭。

现在父亲已经很习惯给她讲母亲的故事了，甚至每当谈起母亲，他都可以滔滔不绝地讲好几个钟头。所有记忆都完好地保存在他脑海里，清晰得就像昨天发生的一样。也许这根本没什么稀奇的，但贾图还是觉得难以相信。

等他们到达酒店，贾图梳洗完毕，在酒店大堂闲逛时，她又发现了一件怪事：在大堂后面的一个小房间里，竟然摆放着几台她父亲时代的旧弹球机和游戏机。其中就有《真人快打》，这是她以前经常和父亲一起玩的游戏，那时的他还叫肥仔。

贾图一边对自己戏剧化的生活嗤之以鼻，一边开始在衣服口袋里翻找硬币。幸运的是真让她找到了几枚。于是贾图把硬币扔了进去，准备玩一场酣畅淋漓的格斗游戏。

"这个假期可能会相当精彩。"她大声对自己说。

贾图在名册中寻找着那个她总是拿来对付肥仔,并无情殴打他的角色。就在贾图找到它时,她的身体整个僵住了。在肥仔那台破旧模糊的电视机上,她从来看不清那些角色的名字,但在这里,她最爱的角色名第一次在屏幕上跳了出来:卡诺。

贾图还没来得及反应过来这意味着什么,肩膀就被人拍了一下,她茫然地转过身,对上了一个男孩的眼睛。

"要一起打一局吗?"他问。

"嗯……"贾图结结巴巴地开口。

"你是荷兰人吧?我刚才听到你自言自语了。"

"对……对,我是。"

"要不要来一把?我口袋里都是零钱。"

"嗯……那好吧。"贾图点了点头,一时间还有点恍惚。

"你叫什么名字?"

"贾图。"

"你好,贾图,我是亨利。"

贾图瞠目结舌地看了他好一会儿。

"可你的头根本不像土豆啊!"难以置信,她真正意义上和亨利说的第一句话竟然是这个。

　　在意识到自己在做什么之前，贾图已经张开双臂给了男孩一个大大的拥抱。

　　亨利被贾图饿虎扑食一样的拥抱吓呆了，他怔怔地站在大厅里，听到紧贴在他身上的女孩在他耳边轻声说："我们要一起发明一台时光机……"